헌터 레볼루션

헌터 레볼루션

1판 1쇄 찍음 2019년 6월 26일
1판 1쇄 펴냄 2019년 7월 2일

지은이 | 정사부
펴낸이 | 정 필
펴낸곳 | (주)뿔미디어

편집장 | 문정흠
기획 · 편집 | 안진수

출판등록 | 2002년 9월 11일 (제1081-1-132호)
주소 | 경기도 부천시 원미구 소향로 17번길(두성프라자) 303호 (우) 14544
전화 | (032)651-6513 / 팩스 032)651-6094
E-mail | bbulmedia@hanmail.net
비북스 | http://www.b-books.co.kr

값 8,000원

ISBN 979-11-315-9851-1 04810
ISBN 979-11-315-9849-8 04810 (세트)

BBULMEDIA FANTASY STORY

헌터 레볼루션

정사부 현대 판타지 장편 소설

1. 성신 길드

어두운 지하철 던전의 입구로 일단의 인원이 모습을 드러냈다.

그 주인공은 바로 팀 비스트의 맴버들과 재식이었다.

그들은 오늘도 헌터 협회 남부 지부장의 의뢰로 던전에 들어갔지만, 빈손으로 돌아올 수밖에 없었다.

"하, 이 정도면 그냥 몬스터들이 아무 이유 없이 미쳐 날뛴 거 아니야?"

한 달 동안 던전을 누볐음에도 아무 성과도 거두지 못한 최충식이 불만을 터뜨렸다.

처음에는 몬스터 무리의 수가 늘어난 걸 확인할 수 있었고, 재식의 안내로 정체불명의 점액질도 발견할 수 있었다.

하지만 그 이후엔 별다른 소득이 없었다.

심지어 일주일 전부터는 대규모로 무리를 지어 돌아다니는 최하급 몬스터조차 확인할 수 없었다.

지하철 던전은 마치 아무 일도 없었다는 듯 예전의 모습을 되찾았다.

"별일 없는 게 좋은 거 아냐?"

이지웅은 최충식이 이를 갈아대자, 그를 진정시키기 위해 얼른 말을 꺼냈다.

"뭐?"

하지만 안타깝게도 제 무덤을 스스로 판 꼴이 되고 말았다.

"아니, 내 말은……."

이지웅은 서둘러 도움의 손길을 청할 대상을 찾아 주위를 두리번거렸다.

하지만 비스트의 팀원들은 그의 시선을 외면하기 바빴다.

안 그래도 피곤한데, 당장에라도 한바탕 분풀이를 쏟아낼 기세인 최충식을 감당하고 싶지는 않기 때문이었다.

결국 이지웅은 지푸라기라도 잡는 심정으로 재식을 바라보았다.

재식은 한 달간 함께 지하철 던전을 누빈 정으로 한 번쯤은 도와주자 마음먹고 말을 꺼냈다.

"지부장에게 정식으로 항의하면 되지 않아?"

"하, 그 인간이 그런다고 눈 하나 깜짝하겠어?"

"뭐, 무슨 이유로 이상 현상이 발생했는지는 알 수 없지만, 그동안 팀 비스트가 레이드를 뛰지 못한 건 사실이잖아."

일주일 전까지만 해도 미확인 게이트가 열렸다든지, 정체를 알 수 없는 몬스터가 등장했다든지 하는 추측이 난무했다.

하지만 그 실체를 직접 목격한 이는 없고, 팀 비스트도 매번 허탕만 쳤다.

"넌 어떻게 생각해?"

최충식은 고개를 홱 돌려 백장미를 바라봤다.

"글쎄, 아빠라면 굳이 길드랑 척을 질 필요 없다고 하시지 않을까?"

"당연히 그러시겠지."

최충식도 동의한다는 듯 고개를 끄덕였다.

사실 이번 조사 의뢰를 팀 비스트가 맡는 건 어울리지 않은 일이었다.

팀 비스트를 홍보하려는 성신 길드의 의지가 반영되었기에 어쩔 수 없이 나서게 된 것이다.

솔직히 남부 지부 입장에서는 어느 길드라도 의뢰를 수락해 주는 곳만 나타나면 그만이었다.

다만, 이렇다 할 성과가 없다 보니, 길드와 협회, 양쪽에서 압박을 받는 팀 비스트의 멤버들은 스트레스가 쌓일 수밖에 없었다.

"아, 몰라. 난 더 이상 신경 쓰고 싶지 않아."

"…저도요."

그동안 제대로 쉬지도 못하고 매일 던전에 들어가느라 지친 모양인지, 권효원이 짧게 긍정했다.

그러자 민태식도 가만히 고개를 끄덕였다.

"그럼 한 달 동안 수고했으니까, 이제 다른 길드에 인수인계하는 걸로 방향을 잡을까?"

백장미가 의견을 제시하자, 최충식은 기쁜 듯이 손바닥을 마주쳤다.

"그거 좋은 생각이네. 그렇게 하면 나중에 다시 이상 현상이 발생해도 우리 책임은 아닐 테고."

재식은 최충식의 그런 태도가 썩 마음에 들지 않았다.

하지만 그간 돈도 충분히 모았고, 이제 더는 최충식의 얼굴을 보지 않아도 되겠다는 생각에 기꺼이 고개를 끄덕였다.

아버지가 편안히 잠드는 걸 본 게 얼마 만인지.

재식은 한 달 동안 팀 비스트와 함께하면서 해독제를 구입하는 데 필요한 자금을 모두 마련할 수 있었다.

그 후, 아버지의 병환에 차도가 보이자, 어머니 역시 오랜만에 환하게 웃으셨다.

완전히 자리에서 일어나기까지는 아직 시간이 더 필요하겠지만, 그건 어디까지나 오랜 병환으로 축난 체력을 회복해야 하기 때문일 뿐이다.

재활 치료를 그만이라 딱히 걱정할 바는 아니었다.

"아참, 재식 씨는 이제 어떻게 할래?"

재식이 나름 감회에 젖어 지난 한 달을 돌아보고 있으려니, 백장미가 느닷없이 말을 걸었다.

"음, 글쎄요. 아마… 다시 지하철 던전의 임시 공대를 전전하지 않을까요?"

아무 생각 없이 대답하던 도중, 재식은 따가운 시선을 느끼고 고개를 돌렸다.

그러자 그곳엔 자신을 빤히 바라보고 있는 최충식이 있었다.

재식은 이유를 알 수 없어서 잠시 고개를 갸웃했지만, 이내 말을 이었다.

어제까지만 해도 최충식은 평소와 다른 점이 없었다.

하지만 오늘은 뭔가 고민이 있는 사람처럼 말수도 부쩍 줄고, 표정도 잔뜩 찡그린 채였다.

재식은 부디 그게 자신 때문은 아니길 바랐다.

솔직히 예전처럼 괴롭히는 건 문제가 아니었다.

아니, 그냥 무슨 일이 벌어지든 괴롭히는 수준이라면 그나마 다행이었다.

지난 한 달 동안 재식이 목격한 최충식의 실력은 가히 인간 병기라 칭해도 이상하지 않을 정도였다.

그저 유전자 시술을 받은 중급 헌터에 불과하다 여겼는데, 그런 수준이 아니었다.

재식은 최충식이 혼자서 열다섯 마리의 오크 순찰대를 가볍게 처리하는 모습에 경악했다.

그중에는 오크 전사만 무려 다섯이었다.

재식은 지난날 재환의 공대에서 힘이 빠진 오크 전사 한 마리를 상대하면서도 쩔쩔맸다.

그런데 최충식은 단순히 스트레스를 풀겠다며 오크 순찰대를 순식간에 도륙해 버린 것이다.

재식은 최충식의 실력이 정확히 어느 정도인지 알고 싶어졌다.

그래서 그날 최충식이 보고를 위해 자리를 비우자, 제일 만만한 권효민에게 슬며시 물었다.

권효민은 최충식의 실력이 여타 중급 헌터들에 비해 훨씬 뛰어나다고 단언했다.

그만큼 성신 길드 내에서 그에게 거는 기대가 아주 크다면서.

그건 최충식에게 불의의 사고만 닥치지 않는다면, 상급 헌터가 될 가능성이 높기 때문이다.

재식은 고민하는 척 하늘을 올려다보며 충식의 시선을 피했다.

'솔직히 이 정도면 밸런스 패치를 다시 해야 되는 거 아닙니까?'

중급 헌터는 유전자 시술만 거치면 누구나 도달할 수 있는 경지다.

하지만 중급을 넘어 상급에 오르는 건 결코 쉬운 일이 아니었다.

재식은 누구에게나 가능성은 있지만, 두각을 드러내는 건 뛰어난 자질을 가진 몇몇뿐이라고 생각했다.

몹시 아쉽게도 충식은 그런 자질을 가진 소수에 포함되는 축복을 타고난 듯싶었다.

그렇기에 다른 멤버들을 제치고 팀 비스트의 팀장을 맡고 있는 것이리라.

"그래서 유전자 시술을 받을 거야?"

재식은 질문에 답하기 전에 힐끗 최충식을 살폈다.

다행히 그는 관심을 꺼버린 모양인지, 다시 눈이 마주치지는 않았다.

"그럴 계획이긴 한데, 돈이 언제 모일지는 잘 모르겠네요."

유전자 시술을 준비하며 돈을 모은 건 사실이다.

언제까지 일반 헌터로 지하철 던전을 전전할 생각은 없으니까.

하지만 갑작스런 아버지의 시한부 선언으로 인해 그동안 모아온 돈을 몽땅 치료비로 사용했다.

그런 후, 일주일 동안은 별반 소득이 없었다.

주된 이유는 고블린 무리만 자주 마주치게 된 탓이 컸다.

게다가 고블린 시체에서도 예전과 달리 마정석을 찾기가 어려웠다.

"흐음, 그렇단 말이지……."

백장미는 재식의 답변에 뭔가 납득했다는 듯 저 혼자 고개를 끄덕이며 걸음을 옮겼다.

그걸 끝으로 더는 말을 꺼내는 사람이 없자, 일행 사이에는 적막이 흘렀다.

그 상황은 남부 지부에 도착하기 전까지 계속됐다.

"나는 지금 바로 보고하러 갈 건데, 시간이 조금 오래 걸릴지도 몰라. 그러니 니들은 어쩔래? 그냥 먼저 돌아갈 거야?"

"뭐야, 다른 길드에게 넘기겠다는 말을 벌써부터 하려고?"

"쇠뿔도 단김에 빼랬다고, 나는 더 이상 여기 지부장 면상을 보고 싶은 마음이 없거든."

진절머리가 난다는 듯 최충식이 인상을 찡그리며 이를 바득바득 갈았다.

"좋아. 그럼 저기 카페에서 기다릴 테니까, 끝나면 저쪽으로 와. 그래도 명색이 한 팀인데, 우리끼리만 가는 건 너무 매정하지 않겠어?"

"그러시든지."

무성의하게 대답한 최충식이 헌터 협회로 들어가자, 백장미는 인근 카페를 향해 몸을 돌렸다.

"그럼 나는 마정석을 매매한 후에 합류할게."

재식은 한시라도 빨리 이들과 헤어지고 싶었기에 오늘 얻은 마정석의 처분을 우선시하자고 판단했다.

"에이, 그거 몇 개나 한다고. 그냥 너 다 가져. 그러니까 판매는 나중에 하고, 지금은 일단 우리랑 같이 카페로 가자."

"어? 아니, 나는……."

"그냥 따라오라면 따라와."

재식은 막무가내로 강요하는 백장미의 태도에 순순히 따라 나설 수밖에 없었다.

그간의 경험을 통해 그다음에 나오는 건 일방적인 실력 행사라는 걸 이미 체득했기 때문이다.

그런 백장미의 행동에 최충식은 잠시 걸음을 멈추고 뒤를 돌아봤다.

평소 같았으면 백장미는 자신을 따라가겠다며 엉겨 붙었을 것이다.

그런데 지금은 대놓고 다른 이에게 꼬리를 살랑살랑 치고 있었다.

'젠장!'

남들에게는 별거 아닌 일이겠지만, 최충식은 여간 신경이 쓰이지 않을 수 없었다.

무엇보다 백장미가 재식을 끌고 가는 이유를 알기 때문에 더욱 짜증이 치밀었다.

오늘 아침에 보고를 위해 길드를 찾았을 때, 길드장은 어떻게 알았는지 재식을 언급했다.

그 말을 전한 사람이 누구일지는 따로 고민할 필요도 없었다.

충식은 일이 원하는 대로 풀리지 않자 인상을 찌푸리며 혀끝을 찼다.

애당초 그의 계획은 사냥개에게 먹이를 조금씩 던져 주며 자신과의 격차를 스스로 깨닫게 만드는 것이었다.

당장 눈앞의 고기에 눈이 멀어 자존심을 접고 달려드는 재식의 모습을 내려다보며 구경할 생각이었다.

오르지 못할 나무를 하염없이 바라보며 갈망하는 이를 굽어보는 것만큼 만족스런 일은 또 없었으니까.

하지만 백장미는 그런 자신의 계획에 찬물을 끼얹고 있었다.

'하, 이번엔 또 무슨 변덕인 거야?'

충식이 봤을 때, 백장미와 자신은 동류다.

하지만 백장미는 때때로 최충식이 이해하기 힘든 행동을 취할 때가 있었다.

그건 바로 지금처럼 상종 못할 하류 종자에게 지나친 선행을 베푼다는 점이었다.

백장미가 죽 끓듯 변덕이 심하다는 것은 잘 알지만, 이런 모습을 볼 때마다 마치 자신보다 더 끔찍한 괴물처럼 느껴졌다.

어차피 하류 인생으로 태어난 것들은 죽을 때까지 바닥을 기어 다닐 뿐이고, 자신이 던져 주는 찌꺼기나 주워 먹고 살면 되는 존재에 불과하다.

그러다 주제를 모르고 기어오를 땐 따끔한 맛을 보여주면 그만이었다.

하지만 백장미는 그렇지 않았다.

벌레 같은 것들에게 올라갈 수 있는 희망을 심어주고는, 잔인하게 짓밟아 버리는 것이다.

그 이해할 수 없는 기행에 최충식은 고개를 절레절레 내저었다.

한편, 카페로 들어선 재식과 비스트의 팀원들은 넓게 비워진 구석에 자리를 잡았다.

백장미는 다른 팀원들에게는 신경도 쓰지 않고, 재식에게 물었다.

"재식 씨는 뭐 마실래?"

"네? 어… 저는 아이스 아메리카노요."

"알았어. 다른 사람은 평소대로지?"

"……."

"응."

"그렇지, 뭐."

간단히 정리를 마친 백장미는 냉큼 음료를 주문하고는 다시 자리로 돌아와 재식의 옆자리에 떡하니 앉았다.

재식은 왠지 가시방석에 앉은 것마냥 안절부절못했다.

백장미의 지나친 관심에 왠지 진정할 수가 없기 때문이었다.

그리고 그때, 백장미가 질문을 해왔다.

"아까 얼핏 말을 듣기는 했는데, 유전자 시술을 염두에 두고 있는 거라면 상급 헌터가 되기 위한 과정까지 생각하고 있는 거겠지?"

"뭐, 상급 헌터까지는 아니더라도 중급 헌터는 꼭 되고 싶습니다!"

백장미의 질문에 재식은 저도 모르게 슬쩍 기합을 넣어

대답했다.

그 순진한 모습에 백장미는 피식 웃었다.

그러거나 말거나, 재식은 입으로 내뱉고 나니 그동안의 수없이 겪은 고난들이 눈앞을 스쳐 지나갔다.

잠시 감상에 젖은 재식은 이내 결심한 듯 양손을 움켜쥐었다.

솔직히 아버지의 치료비를 마련하지 못해서 전전긍긍할 때만 해도 중급 헌터는 손에 닿지 않는, 마치 신기루와도 같은 이야기였다.

하지만 이제 더는 꿈에 불과한 일이 아니다.

착실히 돈을 모으다 보면 언젠가 유전자 시술을 받을 수 있을 거라는 희망이 보였다.

"제가 따로 기술이 있다거나 학력이 좋은 게 아니라서… 성공할 수 있는 길이 헌터뿐인 것 같습니다."

재식의 이야기를 듣던 백장미가 눈을 반짝였다.

백장미는 한 달간 지하철 던전을 드나들며 재식을 꼼꼼이 관찰했다.

그 결과, 재식이 최충식 못지않은 인재라는 판단을 내렸다.

자고로 인재란 먼저 잡는 게 임자인 법.

게이트가 등장하기 전에는 돈이 곧 힘이었다.

돈으로 이루지 못할 일이 없었으며, 가진 자들은 돈 놓고 돈 먹는 식으로 자신들의 왕국을 유지했다.

하지만 대격변 이후, 몬스터란 존재가 세상에 등장하면서 판도가 바뀌었다.

변화를 겪은 세계에서 가장 중요한 건 실력 좋은 헌터였다.

몬스터의 위협에서 목숨을 지키기 위한 것도 있겠지만, 돈을 벌 수 있는 수단이 바로 헌터로 대체되었기 때문이다.

그 이유는 바로 몬스터의 부산물.

마정석은 물론이고, 다양한 곳에 소비되는 각종 소재들 전부가 몬스터에게 나오는 상황이니, 이는 당연한 결과였다.

자신의 뜻대로 움직일 수 있는 헌터가 많다는 건 아주 유리한 조건이었다.

손안에 쥐고 판을 뒤흔들 수 있는 패는 많을수록 좋았다.

거기까지 생각한 백장미가 매혹적인 입술을 혀로 핥았다.

"재식 씨, 우리 길드에 들어오지 않을래?"

"네?"

난데없는 백장미의 제안에 놀란 재식이 눈을 동그랗게 떴다.

"재식 씨라면 충분히 우리 길드에 들어올 수 있을 거야. 난 재식 씨의 잠재력을 믿거든."

사실 아버지인 백강현의 명령도 있지만, 백장미는 자신이 인재라 판단한 재식을 꼭 길드에 끌어들이고 싶었다.

— 인재란 많을수록 좋다.

백강현이 평소 입에 달고 사는 말이었다.

성신 길드의 모체는 성신제약이다.

가족 경영이니 뭐니 처음엔 말이 많았지만, 성신 길드는 성신제약의 자금 지원을 바탕으로 나날이 성장하는 중이었다.

하지만 안타깝게도 성신 길드는 대한민국 10대 길드에는 들어가지 못했다.

그도 그럴 것이, 성신제약보다 더 대단한 그룹에서 후원을 받는 길드들이 엄연히 존재하기 때문이었다.

성신제약도 제약 회사 중에서는 세 손가락 안에 꼽히지만, 대기업 전체를 두고 따지면 100위에도 미치지 못했다.

그런 열악한 상황에서도 성신 길드가 30대 길드 안에 이름을 올린 건 전적으로 길드장인 백강현 덕분이었다.

하지만 백장미는 성신 길드가 그런 취급을 받는 것을 못

마땅하게 여겼다.

그래서 재식처럼 헌터로서 성장할 가능성이 있는 인재가 보이면, 틈날 때마다 영입을 권했다.

"으음, 글쎄요……."

재식은 대답을 망설였다.

솔직히 국내 랭킹 30위인 성신 길드를 마다할 이유는 전혀 없었다.

하지만 상위 길드에 들어가는 일은 말처럼 쉬운 게 아니었다.

상위 길드는 자체적인 내부 심사를 거쳐 길드원을 선발한다.

그건 그 기간 동안 재식이 전혀 돈을 벌 수 없다는 의미였다.

재식의 아버지는 위급한 고비를 넘기긴 했지만, 아직 완전히 회복한 건 아니었다.

여전히 재식이 벌어들이는 수익이 중요할 수밖에 없다는 뜻이었다.

물론, 어머니께서도 일을 계속하고 계시니 당장 굶거나 하지는 않을 것이다.

하지만 재식은 10년 동안 고생한 어머니에게 더는 부담을 주고 싶지 않았다.

목에 칼이 들어오는 한이 있더라도 자식의 앞날을 위해

조금만 더 희생해 달라는 말은 꺼낼 수 없었다.

"재식 씨, 망설이는 이유가 뭐야? 이건 정말 엄청난 기회야. 솔직히 말해서 대형 길드들이 가입을 권유하는 걸 한 번이라도 본 적 있어?"

백장미는 재식이 자신의 제안을 두 번 생각도 않고 냉큼 승낙하리라 여겼다.

대형 길드들은 매번 가입 테스트를 거쳐 인원을 선발하지, 이렇게 직접 권유하고 돌아다니는 건 쪽팔린 짓이라 여겼다.

어떻게 봐도 30위 길드가 인재 한 명을 영입하기 위해 자존심을 굽히는 행위이기 때문이었다.

"물론 좋은 제안이라는 걸 알고 있지만, 저희 집안 사정이 조금⋯⋯."

재식은 이야기를 하다 말고 인상을 찡그렸다.

사실 아버지도 아버지지만, 재식은 어머니 역시 편히 쉬시면 좋겠다고 생각했다.

재식은 남편의 치료비에 생활비 등을 혼자 감당하느라 어머니께서 쉬는 걸 본 적이 없었다.

재식이 아버지 치료비를 마련해 급한 불을 껐지만, 병수발 때문에 일을 하면서 편히 쉬지도 못할 형편이었다.

어머니께서 그렇게 고생하는 걸 빤히 알면서 심사를 위해 일을 쉴 수는 없었다.

한참을 고민하던 재식은 결국 백장미의 제안을 거절하기로 마음먹었다.

"방금 말하다 말았지만, 집안 형편이 좋지 않아서 제가 돈을 못 벌면 생활이 어렵습니다. 그래도 제안해 주셔서 감사합니다."

"아니, 그럴 필요 없어. 감사 인사는 길드에 들어오고 나서 받을게."

"네?"

백장미의 말을 이해하지 못한 재식이 멍한 표정으로 반문했다.

"뭘 놀라고 그래? 그런 사정 정도는 내가 얼마든지 해결해 줄 수 있어."

백장미는 이대로 재식을 놔주지는 않겠다고 내심 결심했다.

고블린과 마주쳤을 때, 비스트 멤버들의 행동을 방해하지 않기 위해 노력하던 재식의 전투 센스는 이후에도 빛을 발했다.

이후 오크와 마주친 상황에서 최선을 다해 도왔다.

팀 비스트의 멤버들은 오크 정도는 충분히 상대할 수 있는 실력이 있지만, 재식은 아니었다.

한마디로 죽음의 위험을 감수하고 전투에 참전한 것이었다.

그런데 이번엔 동선이 겹치지 않게 주의하는 정도가 아니라, 오크들의 공격 흐름을 한 번씩 끊으며 전투를 유리한 방향으로 이끌었다.

그 정도 전투 센스라면 언젠가 다른 이들도 그에게 관심을 보일 게 틀림없었다.

그래서 아버지를 설득해 인재 영입에 대한 전권을 받아냈다.

백장미는 내친김에 재식에게 거부할 수 없을 만큼 유혹적인 조건을 제시했다.

"내가 제안할 건 두 가지 특혜야. 하나는 유전자 시술을 공짜로 받을 수 있게 해줄게. 다른 하나는 적응 기간 동안 생활비를 지원해 줄게."

엄청나게 파격적인 조건이었다.

하지만 재식은 끝까지 망설였다.

"재식 씨, 강요하는 건 아니지만, 난 재식 씨에게서 재능을 발견했어. 하지만 이런 좋은 기회가 다시 오지 않을 수도 있다는 걸 명심해야 돼."

"음……."

재식은 작게 신음을 흘렸다.

분명 그녀의 말이 옳았다.

기회는 찾아왔을 때 잡아야 한다.

게다가 백장미의 말처럼 성신 길드에서 제공해 줄 특혜를 생각한다면, 이렇게 고민하는 게 바보였다.

"아, 저기 충식 씨 온다. 재식 씨, 충분히 고민해 보고, 생각 있으면 이쪽으로 연락해. 딱 일주일만 기다려 줄 거야."

백장미는 자신의 명함을 재식의 앞에 내려놓고 자리에서 일어섰다.

그러더니 다른 멤버들과 최충식을 향해 걸어갔다.

재식은 그런 백장미의 뒷모습을 바라보며 골똘히 생각에 잠겼다.

*　　　　*　　　　*

커다란 집무실.

책상 앞에 앉은 중년 남성이 서류를 넘기며 한숨을 내뱉었다.

그러자 묵직한 기운이 집무실 내부로 퍼져 나갔다.

한참 동안 서류를 들여다보던 중년 남성은 마지막 페이지까지 확인을 마치더니, 손에 들린 서류를 책상 위에 내려뒀다.

"이거, 괜히 팀 비스트를 돌려서 골치 아프게 됐군."

그는 성신 길드의 길드장인 백강현이었다.

백강현은 헌터 협회 남부 지부에서 의뢰가 들어오자, 자신의 직권으로 팀 비스트를 파견했다.

안면 있는 이해룡 지부장의 체면을 살려주는 것과 동시에, 팀 비스트의 명성을 퍼뜨리기 위한 일환이었다.

하지만 결과적으로 그 판단은 그릇된 결정이 되고 말았다.

그저 한 달 동안 팀 비스트가 레이드를 뛰지 못해 발생한 손해뿐이라면 충분히 감내할 수 있다.

아니, 오히려 '시민들의 안전을 위해 발 벗고 나섰다' 라는 문구로 홍보하면 그만이었다.

하지만 팀 비스트가 사건을 해결하지 못했다는 게 문제였다.

아니, 던전의 상태는 원래대로 돌아갔는데, 원인을 파악하지 못했다는 게 화근이 되고 말았다.

덕분에 한창 유명세를 타던 팀 비스트의 명성에 금이 가고 말았다.

예전의 명성을 다시 되찾기 위해선 그동안 이룬 성과보다 더한 업적을 쌓아야만 한다.

하지만 백강현은 그게 불가능하리라 여겼다.

솔직히 팀 비스트가 얻은 명성은 그들의 힘만으로 이룩한 게 아니었다.

성신 길드, 아니, 성신 길드의 모체인 성신제약에서 팀 비스트를 지원했기에 가능한 일이었다.

백강현은 이미 이름에 먹칠을 한 이상, 남부 지부의 의뢰를 붙잡고 있는 건 의미가 없다고 여겼다.

지금이라도 이름값을 회복하기 위해 열심히 노력하는 게 옳았다.

"흠, 그래. 이게 좋겠군."

백강현은 책상 위에 서류를 뒤져 얼마 전에 올라온 보고서를 꺼내 들었다.

보고서 내용은 위험 분류 5등급에 해당하는 몬스터의 정보였다.

기존에 팀 비스트가 사냥하던 4등급보다는 한 단계 높았다.

하지만 그런 건 고려 대상이 아니었다.

아니, 오히려 위험 등급이 올라간 것이 좋았다.

팀 비스트만으로는 조금 버거운 존재지만, 길드의 지원이 있다면 충분히 상대할 수 있을 테니까.

백강현의 입가에 미소가 번졌다.

이 몬스터를 잡는 레이드 영상이라면, 팀 비스트의 이름은 다시 빛날 수 있을 것이리라.

그때, 노크 소리도 없이 별안간 집무실의 문이 벌컥 열렸다.

백강현은 겁도 없이 길드장의 집무실 문을 열어젖힌 게 누군지 살폈다.

"아빠!"

"이 녀석아, 깜짝 놀랐잖아. 다 큰 녀석이 노크도 할 줄 몰라?"

백강현은 상대가 자신의 딸이라는 걸 알고는 한숨을 푹푹 내쉬었다.

"뭐, 내가 못 올 곳에 들어온 건 아니잖아요."

백장미는 사무실 중앙에 놓인 소파로 또박또박 걸어가 앉았다.

그러자 그 뒤를 따라 최충식과 팀 비스트 멤버들이 집무실 안으로 들어섰다.

"다녀왔습니다."

"그래, 어서들 와라."

백강현은 그들을 반기며 자리에서 일어났다.

"앉아서 얘기하지."

자리를 권한 백강현은 상석으로 가서 앉았다.

"예, 감사합니다."

백강현의 말에 최충식을 비롯한 팀 비스트 멤버들은 긴장하며 자리에 앉았다.

"어땠나?"

밑도 끝도 없는 말이지만, 최충식은 그 의미를 쉽게 알아차릴 수 있었다.

"오늘도 원인을 찾지 못했습니다."

"그래? 뭐, 그럴 수 있지."

아무런 감정도 섞이지 않은 백강현의 말에 백장미를 제외한 인원들의 표정이 굳어졌다.

백장미야 백강현이 아버지니까 아무렇지 않을 것이다.

하지만 다른 사람들은 그러지 못했다.

백강현의 말에는 사람을 짓누르는 무게가 있었다.

"너희들이라면 충분히 해결할 수 있을 것이라 생각했는데, 내가 좀 과대평가를 한 모양인군."

마치 혼잣말을 늘어놓는 것처럼 보이지만, 이를 듣는 이들의 머릿속은 복잡했다.

최충식은 인자한 표정으로 부드럽게 말하는 백강현을 바라보며 마른침을 삼켰다.

헌터들 사이에서 백강현은 괴물이라 불렸다.

그가 이런 이명을 얻은 계기는 바로 10년 전 사건 때문이다.

당시 대한민국에는 위험 분류 7등급의 몬스터가 나타난 적이 있다.

대비가 전혀 안 된 상태에서 고등급 몬스터의 출현은 막대한 피해를 입혔다.

사망자만 5만 7천여 명, 중상자도 무려 3천여 명에 달했다.

재산 피해는 집계조차 불가능할 만큼 천문학적인 액수에

달했다.

한 번도 마주친 적 없는 7등급 몬스터의 존재는 대한민국을 한순간 혼란에 휩싸이게 만들었다.

대한민국 정부는 이 사태를 재난으로 선포하고 헌터들에게 총동원령을 내렸다.

이는 최초의 헌터 동원령이었다.

성신 길드에서 150명의 헌터가 7등급 몬스터를 잡기 위해 출동했다.

하지만 7등급 몬스터는 헌터들이 덤벼드는 족족 학살했다.

헌터들과 몬스터의 전투는 장장 밤낮없이 3일이나 계속되었다.

몬스터를 상대하기 위해 헌터들은 차륜전을 펼쳤다.

그 과정에서 성신 길드의 부길드장이던 백강현의 부인 최수지가 전사했다.

백강현은 몬스터에 삼켜져 아내의 시신도 찾지 못하게 되자 미친 듯이 분노했다.

…그리고 그 결과, 각성했다.

유전자 시술을 받은 헌터는 각성하지 못한다고 알려진 정설을 뒤집은 최초의 사례였다.

이미 맹수의 힘을 가진 백강현은 각성으로 인해 보다 강력한 힘을 손에 넣었다.

하지만 분노에 물든 백강현은 적아를 분간하지 못하고 주변의 살아 움직이는 모든 것을 공격했다.

백강현은 몬스터에게 치명상을 입어도 순식간에 상처가 아물었다.

덕분에 쓰러지지 않고 7등급 몬스터를 어찌 상대할 수 있었다.

비록 부길드장인 부인과 여러 길드원을 잃었지만, 그 전투로 인해 백강현과 성신 길드는 세간의 엄청난 관심을 받게 되었다.

정부도 큰 공을 세운 성신 길드에 많은 보상과 후원을 약속했고, 그리하여 지금의 위치에 오를 수 있는 발판을 마련했다.

몬스터 잡는 괴물.

그런 백강현 앞에서 팀 비스트 멤버들이 얼어붙는 건 당연한 일이었다.

"의뢰에 실패했다는 사실은 잊어라."

최충식은 한 소리 들으리란 예상과 달리, 백강현에게서 별말이 없자 미간을 찌푸렸다.

이 괴물 같은 사람이 아무 이유도 없이 저런 말을 꺼낼 리 없기 때문이다.

"다른 길드에게 임무를 넘겨 명성에 흠이 가기야 했지만, 다른 걸로 회복하면 그만이다."

"네?"

최충식은 무의식적으로 반문했다.

그렇지 않고는 불안해서 견딜 수가 없기 때문이었다.

"5등급 몬스터가 존재하는 게이트를 발견했다."

아니나 다를까, 이어진 백강현의 말에 팀 비스트 멤버들은 일제히 신음을 흘렸다.

5등급 몬스터는 그동안 자신들이 사냥을 하던 4등급 몬스터와 한 단계밖에 차이가 나지 않는다.

하지만 능력은 절대 그렇지 않았다.

"아빠, 지금 농담하는 거지?"

백장미 역시도 방금 들은 말이 믿기지 않았다.

"아니, 제대로 들었다."

"우리 팀이 잘나가는 건 사실이지만, 아직 5등급은 무리야."

백장미는 자신이 속한 팀에 자부심을 가지고 있지만, 그렇다고 자신들의 능력을 맹신하지는 않았다.

백장미가 판단한 팀 비스트는 4등급 몬스터를 상대하는 게 한계였다.

5등급 몬스터를 상대하면 누군가는 부상을 입을 테고, 최악의 경우 사망자가 발생할지도 모른다.

"물론 너희들만 보낸다면 보나마나 전멸이겠지."

백강현도 팀 비스트의 전투력을 잘 알기에 백장미의 말에 고개를 끄덕였다.

"그걸 알면서도 우리를 그곳으로 보내겠다는 말이야?"

백장미는 어처구니가 없다는 표정으로 백강현을 바라봤다.

"뭔가 오해하는 것 같은데… 비록 의뢰에는 실패했지만, 어찌 됐든 너희는 우리 성신 길드의 차세대 간판 레이드 팀이다."

백강현은 굳은 표정으로 힘주어 말했다.

백씨 부녀의 대화를 듣고 최충식은 속으로 안도의 한숨을 내쉬었다.

자신의 딸이 속한 팀이라 버리는 패로 쓰지는 않겠다고 선언한 셈이기 때문이었다.

최충식은 눈을 힐끗거리며 다른 이들의 표정을 살폈다.

그와 같은 생각을 한 건 다른 멤버들도 마찬가지인 모양이었다.

"일단 팀원도 더 보강할 테고, 팀 라이온과 팀 코요테가 지원해 줄 거다."

팀 라이온과 팀 코요테는 성신 길드 산하의 몬스터 레이드 팀으로, 팀 비스트보다 먼저 결성된 팀이었다.

하지만 먼저 생겼다고 팀 비스트보다 실력이 좋다거나 이름이 알려진 것은 아니었다.

그도 그럴 것이, 열두 명으로 구성된 몬스터 레이드 팀임에도 불구하고, 다섯 명으로 구성된 팀 비스트와 실적이 비슷하기 때문이었다.

헌터가 먼저 되었다고, 유전자 시술을 먼저 받았다고 무조건 레벨이 높은 게 아니란 말이었다.

같은 유전자 변형 시술을 받아도 개인 역량의 차이는 벌어지기 마련이었다.

선천적인 것 외에도 적응 훈련을 얼마나 제대로 했는지에 따라 실력의 격차가 나타났다.

"두 팀이 붙는다고 없는 승산이 생기겠습니까?"

최충식이 조심스럽게 질문을 던졌다.

그러자 백강현은 그를 빤히 바라봤다.

실수를 거듭하고 있지만, 팀 비스트는 아직 그의 기대에서 크게 벗어나지 않고 성장 중이었다.

그건 자질을 살피고, 유전자 변형 시술에 적합한 대상을 선별해 팀 비스트를 만들었기에 가능한 것이었다.

"나는 불가능한 일을 이루라고 말할 정도로 무능하지 않다."

"알겠습니다."

"뭐, 두 개 팀이 우리를 도와준다면 조금 해볼 만할지도……."

팀의 리더가 수락의 의사를 밝힌 마당에 팀원이 반대 의견을 제시할 수는 없었다.

백장미는 어쩔 수 없다는 듯 못 이기는 척 고개를 끄덕였다.

하지만 백강현은 고개를 저었다.

"뭔가 착각하나 본데, 두 팀은 잔몹이나 처리하는 역할에 불과해."

"네? 그게 무슨 말이에요? 그럼 정말 저희만으로 5등급 몬스터를 잡으라고요?"

백장미는 자리를 박차고 일어섰다.

만약 팀 비스트가 완편된 상태라면 몇몇의 희생을 전제로 5등급 몬스터를 사냥할 수 있을 것이다.

하지만 인원도 부족하고 5등급 몬스터를 상대해본 경험도 없었다.

백장미는 절대 불가능한 일이라 여겼다.

"너무 어렵게 생각할 필요 없어. 지금까지 너희가 사냥하던 몬스터일 뿐이야."

"그게 어떻게 똑같을 수가 있어요!"

백장미의 목소리는 어느새 잘게 떨리고 있었다.

백강현은 5등급 몬스터를 잡으라는 말에 낙담하는 팀 비스트를 바라보며, 인상을 찌푸렸다.

너무 한심해 보이는 모습에 한숨부터 터져 나왔다.

"5등급 몬스터가 4등급 몬스터보다 강한 건 분명하다. 하지만 5등급 몬스터가 위험한 이유는 부하를 거느리고 전술을 사용하기 때문이다."

　다른 팀에게 부하 몬스터를 처리하게 만들고, 팀 비스트가 보스를 전담하면 충분히 승산이 있었다.

　하지만 백강현의 설명에도 팀 비스트 멤버들의 표정은 밝아질 기미가 보이지 않았다.

2. 길드 가입

재식은 집에 도착해 무거운 철제문을 열었다.

끼이익.

덜컹!

대격변 이후, 대한민국은 외부와 이어지는 문에는 이렇게 단단한 철문을 다는 게 일반적이었다.

그건 조금이나마 몬스터로부터 안전을 보장받기 위함이 지만, 솔직히 그 효과는 기대만큼 대단하지 않았다.

최하급이나 하급 몬스터의 침입을 잠시 막아줄 뿐이지, 그 이상의 몬스터들에게는 무용지물이기 때문이었다.

"후우……."

재식은 집 안으로 들어서며 한숨을 내쉬었다.

집에 도착하기 전까지만 해도 힘든 줄 몰랐는데, 긴장감이 풀린 탓인지 갑자기 피로가 몰려오며 몸이 축 늘어졌다.

하지만 그건 당연한 일이었다.

그도 그럴 것이, 한 달 내내 팀 비스트와 함께 지하철 던전을 돌아다녔다.

최하급 몬스터인 고블린 무리와 매일같이 전투가 벌어졌고, 가끔은 오크 순찰대를 상대하기도 했다.

'덕분에 레벨은 20을 훌쩍 넘겼지만…….'

레벨로만 따지면 각성을 거치지 못한 헌터들이 유전자 변이 시술을 받는다는 시기였다.

아직 논란의 여지는 남아 있지만, 대다수의 사람들은 시술을 견딜 수 있을 정도로 몸이 단련되는 게 20레벨 중반 이후라고 말한다.

유전자 변이를 거치면 신체 능력이 단숨에 성장해 30레벨의 중급 헌터가 되는데, 그 충격을 견딜 수 있어야 시술이 성공적으로 마무리된다.

물론, 이런 식의 성장이 마냥 긍정적인 면만 보여주는 건 아니었다.

갑자기 달라진 신체에 적응하는 게 쉬운 일이 아니기 때문이었다.

그저 침대에서 일어나려는 것뿐인데 앞으로 데구루루 구르며 바닥에 떨어졌다든지, 문을 열다가 손잡이를 부쉈다든지 하는 경험담은 아주 흔하게 찾아볼 수 있었다.

게다가 힘을 컨트롤할 수 있게 됐다 하더라도 능숙하게 몬스터를 사냥하는 건 또 다른 문제였다.

자신이 발휘할 수 있는 능력의 한계가 어느 정도인지, 그 상태로 얼마나 싸울 수 있는지 알아내는 것은 각자의 몫이었다.

문제는 그 과정에서 자신의 능력을 과신하다 목숨을 잃는 헌터들이 상당수 존재한다는 점이었다.

반대로 너무 안전을 중시하다 능력을 개화시킬 기회를 잃고 중급에서 성장이 정체되는 경우도 빈번했다.

재식은 자신만은 그렇게 되지 않을 거라 여겼지만, 만에 하나의 가능성을 완전히 배제할 수는 없었다.

그래서 철저하게 계획을 세워서 준비하자 생각했는데, 백장미가 느닷없이 길드 가입을 권유하는 바람에 재식의 머릿속이 복잡해졌다.

제안을 받은 게 기쁘지 않은 건 아니지만, 한편으로는 걱정스러웠다.

백장미가 나섰다는 건 뭔가 가능성을 발견했다는 뜻일 텐데, 정작 본인은 그게 뭔지 알 수가 없었다.

하지만 그런 제안이 흔치 않은 기회라는 건 분명했다.

게다가 백장미가 제시한 조건은 너무 매력적이었다.

그럼에도 재식이 마지막까지 망설이는 건 최충식 때문이었다.

지금까지는 돈이 필요해서 데면데면한 관계를 억지로 유지했다.

그쪽에서 멋대로 친밀감을 표시하는 것도, 사람을 무시하는 듯한 말투도 아버지를 생각하면 참을 만했다.

그러나 같은 길드에 소속되면 지금과는 다른 양상으로 사건이 전개될 게 빤했다.

사사건건 시비를 거는 건 기본이고, 툭하면 자신의 지위를 내세워 자신을 부려먹으려 할 게 분명했다.

그러면서 실실 쪼개는 얼굴을 봐야한다 생각하니, 한숨부터 터져 나왔다.

"하아, 그래도 제안을 거절하는 건 너무 아깝지."

혼잣말을 내뱉은 재식은 악보 위에서 도돌이표를 본 것처럼 다시 백장미의 제안을 떠올렸다.

집안을 떠받치는 것에서 멈추지 않고 다시 일으켜 세우려면, 백장미의 제안을 받아들이는 게 최선이었다.

배운 것 없이 가진 거라곤 건강한 몸뚱이뿐이라, 재식이 큰돈을 벌 수 있는 건 오직 헌터로 활동하는 방법밖에 없었다.

재식은 혼란스러운 머릿속을 정리하려는 듯 머리를 벅벅

긁어 댔다.

'내가 가능할까?'

끼이익.

그때, 귀에 거슬리는 소리를 내며 방문이 열렸다.

"재식이 왔니? 거기 서서 뭐 하니, 얼른 들어와."

방 안에서 나온 어머니의 손에는 플라스틱 세숫대야가 들려 있었고, 그 안으로 젖은 수건이 보였다.

아마도 아버지의 몸을 씻기고 나오신 듯 보였다.

재식의 어머니는 아침, 저녁으로 젖은 수건으로 아버지를 씻겼다.

재식이 구입한 해독제로 아버지는 목숨은 건졌지만, 장기간 병원에 입원했기 때문에 아직 혼자 움직이는 건 무리였다.

"아, 생각할 게 있어서요. 아버지는 좀 어떠세요?"

재식은 신발을 벗으며 질문을 던졌다.

"응, 이제 손가락도 움직일 수 있고, 팔도 조금 들어 올리셔."

"그래요? 아버지~ 저 왔어요."

재식은 아버지가 누워 계신 방으로 향하며 조금 큰 목소리를 냈다.

그러자 김정숙 여사가 재빨리 다가와 재식의 입을 틀어막았다.

"쉬잇, 아버지 방금 잠드셨어. 인사는 깨면 드리고, 먼저 씻고 나와. 밥 먹어야지."

"알겠어요."

재식은 아버지의 잠을 깨울까 싶어 살금살금 발을 움직였다.

간단하게 세수하고 손발을 씻었을 뿐인데, 어느새 밥상이 차려져 있었다.

"어서 앉아."

"네. 감사히 먹겠습니다."

재식은 허기가 졌는지 허겁지겁 저녁을 먹었다.

그런데 바삐 놀리던 손이 점점 느려지더니, 이내 우뚝 멈추고 말았다.

"왜, 무슨 할 말이라도 있니?"

김정숙 여사는 아들이 밥을 먹다 말고, 자신의 얼굴을 빤히 바라보자 고개를 갸우뚱했다.

"아무것도 아니에요."

재식은 우물쭈물하다 얼버무리며 다시 밥 먹는 데 집중했다.

그러자 김정숙의 미간에 주름이 잡혔다.

"아, 잘 먹었다."

빠르게 식사를 마친 재식은 자리에서 일어나며 과장되게 말을 꺼냈다.

그러자 정숙은 방긋 웃으며 재식의 팔을 잡아당겨 다시 의자에 앉혔다.

"과일 깎아줄 테니까, 기다려 봐."

"…네, 알겠어요."

재식은 이렇게 될까 싶어 서둘러 자리에서 일어난 거였는데, 꼼짝없이 붙잡히고 말았다.

정숙은 먹음직스런 사과 하나를 깎아 재식의 앞에 내려놓았다.

사과에 꽂힌 포크는 하나뿐이었다.

사실 과일은 재식의 집안 형편을 생각하면 사치품이었다.

대격변 이후, 심심치 않게 몬스터가 돌아다니는 상황에서 모든 것들의 값이 올랐다.

그중에서도 가장 값이 껑충 뛰어오른 건 싱싱한 과일이었다.

이제 과일은 서민들에게 정말 그림의 떡이나 마찬가지일 정도로 비싸졌다.

그러다 보니 과일은 부유한 자들이 자신의 재력을 과시하는 용도로 주로 사용됐다.

하지만 그런 사치라도 상황에 따라선 누려야 할 때도 있었다.

지금 정숙이 내오는 과일은 남편이 퇴원해 집으로 돌아온 걸 축하하기 위해 재식이 산 것이었다.

퇴원하며 담당의는 체력을 회복하려면 식사를 잘 해야 하는데, 소화에 도움이 되는 과일을 먹는 게 좋다는 말을 꺼냈다.

그런 말을 들었는데, 어떻게 돈을 아낄 수 있겠는가.

재식은 집으로 돌아오는 길에 하나에 50만 원이나 하는 과일 바구니를 구입했다.

"어머니도 드세요."

재식은 포크로 사과 한 점을 찍어 어머니에게 먼저 권했다.

"엄마는 안 먹어도 되니까, 아들 많이 먹어."

정숙은 아들을 손을 슬쩍 밀어냈지만, 재식은 팔에 힘을 줘서 버텼다.

"이러다 팔 떨어지겠어요. 얼른 드세요."

재식은 어머니가 힘들고 어려운 상황에서도 자신을 배불리 먹이고 가르치기 위해 희생했다는 걸 잘 알았다.

어려서는 그걸 당연하게 받아들였지만, 다 큰 성인이 됐는데 알면서 외면할 수는 없었다.

재식은 어머니의 손에 포크를 쥐어주고 자신은 손으로 접시에 놓은 사과를 집어 먹었다.

그런 재식의 모습에 정숙은 눈시울이 붉어졌다.

"이렇게 잘 커줘서 엄마는 정말로 고마워."

여느 집 아이였다면, 가난한 집안 사정으로 엇나가기 십상이었을 텐데, 재식은 그렇지 않고 지금껏 올바르게 자라 줬다.

그동안 자신 못지않게 고생한 아들을 바라보며 정숙은 만감이 교차했다.

"아니에요. 이렇게 아들 키우느라 고생한 엄마가 인사를 받아야죠. 어머니, 정말 감사합니다. 그리고 사랑해요."

덥석!

재식은 어머니를 쏙 안았다.

"응, 엄마도 사랑해."

모자는 서로를 부둥켜안았다.

정말 한때는 너무 힘들어 다 포기하고 싶은 적도 있었다.

하지만 자신만 바라보는 아들의 얼굴을 떠올리며 그런 생각을 이겨냈다.

잠시 과거를 회상한 정숙은 문득, 아들이 현관에 서서 고민하던 모습을 떠올렸다.

"아참! 아들, 방금 전에 현관에 서서 무슨 생각을 한 거야?"

정숙은 아들을 품에서 떨어뜨려 놓으며 부드럽게 질문을 던졌다.

"아, 그거… 별거 아니에요."

"숨길 얘기가 아니면 어서 털어놔 봐."

"에이, 정말 아무것도 아니라니까요."

재식은 굳이 어머니를 걱정시키고 싶지 않았기에 대답을 회피했다.

"그러니까 얼른 말해보렴. 별거 아닌 일로 끙끙 앓지 말고, 어서."

재식은 계속해서 묻는 어머니가 순순히 물러서지 않으리라는 걸 직감했다.

그래서 잠시 망설이다 그냥 이야기하자고 마음먹었다.

"다름이 아니라……."

재식은 망설이며 주저하던 것과 다르게 지난 한 달간의 이야기를 어머니께 털어놓았다.

시작은 조금 더 과거로 돌아가 시작됐다.

학창 시절 지긋지긋하게 자신을 괴롭힌 최충식을 설명하기 위해서였다.

하지만 곧 아버지의 약값을 벌기 위해 그를 따라다닐 수밖에 없었다는 이야기로 넘어갔다.

이제 과거의 기억일 뿐이지만, 당시 느낀 감정들이 다시 살아나려 하자 얼른 주제를 바꾼 것이었다.

정숙은 재식의 학창 시절을 듣고 깜짝 놀랐다.

고등학교를 다니며 아들이 조금 신경질적으로 행동하기는 했지만, 사춘기 때문이라 여겼기 때문이다.

이어 그의 도움으로 아버지 병원비를 마련했다는 말에 살포시 인상을 찌푸렸다.

정숙은 아들이 걱정됐다.

그녀는 사람은 쉽게 변하지 않는다는 것을 그동안의 경험을 통해 잘 알았다.

그래서 아들이 학창 시절의 악연과 다시 인연을 쌓는다는 게 너무 불안했다.

"엄마, 너무 신경 쓰지 마세요. 그쪽도 과거는 염두에 두지도 않는다는 듯 행동하고, 저도 굳이 문제를 삼을 생각은 없어요. 만에 하나라도 그럴 리는 없겠지만, 새로운 관계를 시작하는 계기가 될 수도 있잖아요."

"아들, 세상에 사람보다 무서운 게 또 있을까? 엄마는 걱정이야."

"괜찮다니까요. 그리고 중요한 건 그게 아니에요."

"응? 뭐가 또 있어?"

재식이 선뜻 대답하지 않고 뜸을 들이자, 정숙은 아들이 다시 입을 열 때까지 가만히 기다렸다.

"조금 전에 제가 최충식이 리더로 있는 헌터 팀 이야기를 해드렸잖아요?"

"그래. 무슨 큰 헌터 길드에 소속됐다고 말했지."

"네. 그 팀에 백장미라는 여자가 있는데, 그게 그 길드 대표의 딸이에요."

이야기를 꺼내는 재식의 눈동자가 반짝였다.

그런 아들의 모습에 정숙은 마냥 기뻐하기보다는 위험한 헌터라는 직업을 택한 아들을 걱정하는 마음이 훨씬 앞섰다.

"그 여자가 뭐라고 했는데?"

"저한테 길드에 들어오라고 제안하더라고요."

재식은 조금 흥이 올랐는지, 성신 길드에 대해 설명했다.

이야기는 성신 길드가 국내 헌터 길드 랭킹 10위에 들어가는 건 아니지만, 국내에 다섯 명밖에 없는 S급 헌터 중 한 명인 백강현이 수장으로 있는 길드라는 것으로 시작됐다.

그리고 길드에 소속된 인원들은 정예로만 구성돼 있다든가, 팀 비스트는 4등급의 대형 몬스터를 사냥할 정도로 실력이 뛰어나다든가 하는 정보들이 무질서하게 나열됐다.

정숙은 아들의 이야기를 전부 알아들을 수는 없었지만, 딱 하나만큼은 쉽게 이해했다.

그렇게 인지도가 높은 대단한 길드에서 아들을 원한다는 것이었다.

"그런 곳에서 영입 의사를 밝혔다는 말이니?"

"네. 아직 고민 중이기는 하지만요."

재식은 자각하지 못하고 있지만, 그는 이미 백장미의 제안을 받아들이는 쪽으로 마음이 기운 상태였다.

＊　　　＊　　　＊

재식은 길 한복판을 걷다 우뚝 멈춰 섰다.

고개를 들어 시선을 위쪽으로 향하자, '성신'이라는 이름이 적힌 거대한 간판이 건물의 외벽에 걸려 있었다.

"후우!"

재식은 성신 길드 정문 앞에서 크게 심호흡했다.

그러고 나서 옷매무새를 다시 한 번 점검했다.

백장미의 권유를 받은 지 벌써 11일이나 지난 시점이었다.

재식은 어머니와 대화를 나눈 뒤, 그녀의 제안을 받아들이기로 결심했다.

그래서 바로 다음 날 그녀에게 전화를 걸었다.

백장미는 반색하며 재식의 결정을 반겼지만, 약속은 뒤로 미뤄지게 됐다.

백강현은 일반 헌터에 불과한 재식을 만나는 일보다 팀 비스트의 이름을 알리는 게 더 중요하다고 여겼다.

5등급 몬스터 레이드가 일주일 뒤로 잡혀 있었기에 재식의 길드 가입은 그 후로 미뤄질 수밖에 없었다.

하지만 철두철미한 백강현이 재식에게 완전히 관심을 끊

은 건 아니었다.

그는 날마다 헌터 협회에 등록된 재식의 기록을 보고받아 확인했다.

재식은 매일 지하철 던전의 임시 공대에 소속돼 고블린을 퇴치했고, 백강현은 꾸준히 활동하는 재식의 모습에 쓸 만한 놈이라는 평가를 내렸다.

만약 재식이 시술을 받기 전까지 부모님의 생활비를 모아야 한다는 생각이 없었다면, 약속 날짜는 다시 잡히지 않았을지도 모를 일이었다.

5등급 몬스터 레이드가 끝나고 길드에 복귀한 백강현은 바로 딸에게 약속을 다시 잡으라는 지시를 내렸다.

그게 어제였다.

재식은 심사숙고 끝에 제안을 수락했는데, 바쁘다며 약속 날짜를 다시 통보해 주겠다는 말에 황당하기도 하고, 자존심도 상했다.

하지만 어제 백장미와 통화하며 약속이 밀린 이유를 듣고 납득할 수밖에 없었다.

5등급 몬스터 레이드라는 중요한 일을 앞두고, 일반 헌터의 가입 여부에 신경 쓰는 길드였다면 재식이 먼저 거부했을 것이다.

결정적으로 길드 가입 제안이 없던 일이 된 게 아니니, 화를 낼 필요도 없었다.

아니, 길 가는 사람 아무나 붙잡고, 백장미가 재식에게 제안한 조건을 걷어찼다고 말하면 등신 소리를 들을 것이다.

재식은 몇 번이고, 자신의 옷차림을 다듬다 성신 길드 건물로 향했다.

그러자 정문에 들어서기도 전에 입구를 지키는 가드에게 제지당했다.

"방문 목적을 말씀해 주십시오."

가드는 딱딱한 말투로 말을 건넸다.

"오늘 길드장님과 만나기로 했습니다."

재식의 답변을 들은 가드가 고개를 갸우뚱했다.

그러더니 재식을 머리끝부터 발끝까지 훑어봤다.

'쩝, 이렇게 이상한 놈 취급당하면서 입구 커트당하는 거 아냐?'

재식은 잔뜩 긴장한 채 과연 가드가 어떤 말을 꺼낼지 조마조마한 심정으로 기다렸다.

하지만 재식의 걱정처럼 쫓겨나는 일은 발생하지 않았다.

"들어가셔서 정면에 보이는 안내 데스크로 가십시오."

가드는 자신의 일을 마쳤다는 듯 길을 터주었다.

재식은 가드를 지나쳐 입구를 통과했다.

그 후, 그의 말대로 곧장 안내 데스크로 향했다.

"어서 오십시오. 무엇을 도와드릴까요?"

"안녕하세요. 오늘 길드장님을 뵙기로 해서 찾아왔습니다."

"네? 길드장님을요?"

재식은 다시 한 번 전신 스캔을 당했다.

'어디 이상한가?'

연달아 같은 수모를 당하자, 재식은 다시 한 번 자신의 옷차림을 점검했다.

수수한 티에 물이 빠진 청바지.

평상복 차림이지만, 너무 튀어 보이거나 지저분하지는 않았다.

그사이, 통화를 마친 안내원이 재식에게 조곤조곤 말을 걸었다.

"확인되셨습니다. 이걸로 왼쪽 게이트를 통과하셔서 1번 엘리베이터를 타시면 됩니다."

"네. 알겠습니다."

재식은 안내원이 내민 손바닥보다 작은 카드를 받아 들었다.

카드에는 'Visitor'라고 적혀 있었다.

안내원의 지시대로 왼쪽으로 향하니, 공항에서나 볼 법한 검색대가 설치돼 있었다.

"동전이나 벨트는 풀어서 여기 담아주시고, 신발도 벗어

주십시오.”

재식은 검색대를 지키는 남성의 지시에 따랐다.

하지만 고개를 갸우뚱할 수밖에 없었다.

‘아니, 내가 기업 비밀을 훔치려는 스파이도 아니고, 길드장을 죽이려는 암살자도 아닌데… 이거, 너무 과한 거 아냐?’

검색대를 통과해 카드를 찍고 개폐식 문을 통과한 재식은 1번 엘리베이터 앞에 서서 속으로 투덜거렸다.

하지만 곧 도착한 엘리베이터에 몸을 실은 재식은 입을 쩍 벌렸다.

‘허, 뭐야, 이거. 왜 버튼이 하나뿐이야?’

사실 왼쪽 출구는 길드의 수뇌부들과 그들의 손님들이 이용하는 곳이었다.

게다가 1번 엘리베이터는 오직 길드장인 백강현 전용이었다.

‘이게 가진 자의 특권인 건가…….’

재식은 혀를 내두르며 단 하나뿐인 버튼을 눌렀다.

그러자 엘리베이터는 빠르게 위로 움직였고, 재식은 누군가 몸을 짓누르는 느낌을 받았다.

띵~

성의 없을 정도로 간결한 소리가 들린 뒤, 엘리베이터의 문이 열렸다.

그러자 마중을 나온 건지, 단정한 옷차림의 여성이 서 있었다.

"정재식 님, 길드장님께서 기다리고 계십니다. 이쪽으로 따라 오시죠."

"아, 네."

그녀가 앞장서서 걷자, 재식은 멍하니 그 뒤를 졸졸 쫓았다.

엘리베이터에서부터 일직선으로 쭉 뻗은 복도를 걸은 재식은 길드장의 집무실 앞에 도착할 수 있었다.

안내를 맡은 여성은 문 앞에 재식을 세워두고, 옆에 마련된 공간에 놓인 책상으로 다가가 전화의 수화기를 살짝 들었다.

"길드장님, 정재식 씨 도착했습니다."

대답은 들을 수 없었지만, 그녀는 바로 수화기를 내려놓은 뒤 다시 재식에게 다가왔다.

그러더니 곧장 문을 열었다.

문이 열리자 재식은 책상 앞에 앉아 업무를 처리 중인 백강현을 마주볼 수 있었다.

"어서 오게."

백강현은 자리에서 일어서며 재식을 반겼다.

"안녕하십니까, 정재식입니다."

재식은 집무실 안으로 들어서며 그에게 인사를 건넸다.

"이쪽으로 앉지."

백강현은 상석으로 가 앉으며 재식에게 자리를 권했다.

"만나서 반갑네. 이미 알고 있겠지만, 백강현이라 하네."

"저야말로 영광입니다."

인사를 나누는데, 다시 문이 열리고 비서가 들어와 커피 두 잔을 테이블 위에 올려뒀다.

"우리 들면서 이야기를 하지."

백강현은 커피 잔을 들며 재식에게도 권했다.

"네, 감사합니다."

후룩.

달칵.

커피를 한 모금 마신 백강현은 지그시 뜬 눈으로 재식을 바라봤다.

"그래, 그 동안 어떻게 지냈나?"

백강현의 시선에 재식은 잔뜩 긴장한 채 입을 열었다.

"임시 공대로 협회 의뢰를 해결하고 있었습니다."

"흠, 그래? 그냥 편하게 쉬면 될 텐데, 굳이 던전에 들어갈 이유가 있었나?"

재식은 그의 질문에 솔직하게 대답했다.

숨길 이유도 없었고, 어려운 사정을 알면 나중에 도움을 요청하기에도 편하리라는 생각 때문이었다.

백강현은 재식의 이어지는 이야기를 들으며 가만히 고개를 끄덕였다.

'생각보다 더 괜찮군.'

여느 헌터라면, 길드에 가입하고 계약금을 받아 흥청망청 쓸 생각만 하려고 한다.

물론, 아직 재식은 정식으로 계약하지 않아 계약금을 받은 건 아니었다.

하지만 보통 이런 경우라면 평소와 다르게 풀어지기 마련이다.

'보기 드문 놈이야, 그래서 더욱 좋고.'

헌터들은 대게 미친놈들이 많았다.

그들이 하는 일이 위험하기 때문인지, 괴물이라 하더라도 생명체를 죽이는 일을 하기 때문인지는 알 수 없었다.

그런 부류에 비하면 재식은 아주 정상적인 범주에 속하는 사람이었다.

백강현은 오랜만에 건실한 청년을 만나 기분이 좋아졌다.

"알고 있겠지만, 우리 성신 길드에 소속된 헌터들은 모두 중급 이상이네."

"예, 알고 있습니다."

재식은 그동안 성신 길드에 대해 조금 알아본 게 전부였지만, 백강현은 조금 오해를 한 모양이었다.

백강현은 계약서 두 부를 꺼내 그중 하나를 재식에게 건

넸다.

"잘 안다니 이야기가 쉽겠군. 우선 계약금은 3천만 원인데, 이건 시술을 받은 뒤, 적응 기간을 거쳐 몬스터 헌팅하는 기간에 대한 계약금이네. 계약 기간은 대한민국 헌터 협회 규약에 따라 3년이고. 여기까지 질문이나 궁금한 게 있나?"

"없습니다."

"그럼 계속해서 유전자 변형 시술 비용과 적응 훈련 비용은 길드와 계약 기간 내 몬스터 헌팅을 나가 벌어들인 수익의 일부를 차감하는 방식으로 설정하겠네. 이의는 없겠지?"

"네."

"계약 기간 중에 계약 파기 사유가 발생했을 시, 원인 제공자는 계약금의 열 배를 배상하고, 계약자의 잘못이 아닌 불가항력인 경우 이를 상계한다. 이해했나?"

"음, 알겠습니다."

계약금의 열 배면 3억이었다.

재식의 잘못으로 길드가 손해를 입으면 길드는 계약을 파기하고 배상을 청구하겠다는 뜻이었다.

상식적으로 배상 금액이 열 배라는 건 너무 과하지만, 헌터 길드에서는 일반적이었다.

헌터 길드가 레이드를 준비하는 과정에서 들어가는 비용

을 생각하면 그리 많은 금액도 아니었다.

재식은 임시 공대를 전전하며 이런저런 소식을 주워들었기에 백강현의 말에 놀라지 않을 수 있었다.

"아참, 유전자 변형 시술을 받은 뒤, 적응 훈련이 끝난다고 바로 몬스터 레이드에 참여하는 것이 아니란 것은 알고 있겠지?"

"네?"

계약에 대한 설명이 끝나고, 백강현은 문득 떠오른 게 있다는 듯 대수롭지 않게 이야기를 꺼냈다.

하지만 재식은 뜻밖의 얘기에 눈을 동그랗게 뜰 수밖에 없었다.

몸이 불편한 아버지와 힘들게 일하시는 어머니를 위해서라도 빠른 시간 안에 사냥에 나서야만 했다.

물론 성신 길드에 오기 전에 조금 돈을 모았고, 성신 길드와 계약금을 받으면 반년 정도는 생활할 수 있었다.

문제는 상황이 어떻게 바뀔지 모른다는 점이다.

불안한 미래를 대비하기 위해 재식은 돈이 필요했다.

"프리 헌터와 길드의 헌터는 몬스터를 사냥하는 법이 다르다네. 프리 헌터는 본인의 몸만 챙기면 되지만, 길드에 소속되면 여러 가지를 제반 사항을 고려할 수밖에 없지."

재식은 프리 헌터와 길드 소속 헌터라고 큰 차이는 없을 거라 여겼다.

그래서 길드도 팀 단위로 사냥을 하면 될 거라 생각했는데, 그게 아닌 듯싶었다.

"프리 헌터와 길드 소속 헌터의 차이는 레이드에서 발생하네."

"길드 소속 헌터는 개인보다는 팀을 우선시해야 한다는 말씀인가요?"

"바로 그거네."

프리 헌터는 자신의 행동에 대한 책임은 다른 누구도 아닌 본인에게 있었다.

하지만 길드 소속 헌터는 다른 헌터의 안전을 위협하는 행동을 해서는 안 된다.

만약 길드 소속 헌터들이 자신의 이득을 먼저 챙기기 시작하면, 동료인 다른 헌터를 미끼로 사용할지도 모를 일이다.

얼핏 들을 때는 불합리한 것으로 보이지만, 그 속사정을 알고 나면 납득할 수밖에 없었다.

"혹시라도 레이드에서 자신의 행동의로 다른 길드원이 피해를 입으면 보상해야 한다는 조항은 그런 이유로 추가됐네. 사실 대격변 초기에는 같은 길드원이라도 자신의 안전을 위해 타인을 희생시키는 경우가 비일비재했거든."

백강현은 과거를 회상하는 모양인지, 아련한 눈빛으로 창밖으로 보이는 풍경으로 시선을 돌렸다.

몬스터가 날뛰는 시대였다.

생명 존중이나 도덕심, 인간성 같은 덕목은 공염불에 불과했다.

사람들은 살아남기 위해 발버둥 쳤고, 타인을 돌보기보다 자신의 생존을 우선시했다.

자신과 가족의 생존만 생각하기에도 벅찬 시대였던 것이다.

강한 능력을 가진 헌터들 중에 인간의 존엄을 지키자며 나선 이들이 없었다면, 국가의 시스템은 붕괴하고 사회의 혼란은 계속됐을 것이다.

짧은 회상을 끝낸 백강현은 다시 재식을 바라봤다.

"더 궁금한 건 없나?"

"아, 있습니다. 적응 훈련이 끝나면 뭘 하게 되는 겁니까?"

"모르니까 배워야 하지 않겠나? 신체 적응 훈련이 끝나면 몬스터 레이드에 관해 수련하게 될 거네. 그 이후에야 팀에 소속될 수 있고, 몬스터를 사냥하게 되겠지."

"그렇군요. 알겠습니다."

재식은 임시 공대를 전전하는 프리 헌터들의 사망률이 높은 이유를 비로소 알게 됐다.

그리고 헌터들이 왜 정규 공대에 들어가려 목매다는지, 어째서 길드에 가입하기 위해 죽어라 노력하는지 깨달았다.

"계약서를 다시 살펴볼 시간이 필요하다면 말하게. 그게 아니라면 바로 싸인하면 되네."

"알겠습니다."

재식은 다시 한 번 계약서를 꼼꼼히 읽어본 뒤 서명란에 사인했다.

그러자 백강현은 소파 옆에 놓인 인터폰의 수화기를 들었다.

"어, 장미 좀 내방으로 올라오라고 해."

그러자 잠시 후, 백장미가 백강현의 집무실로 걸어 들어왔다.

"아빠, 무슨 일인데 부른 거야?"

그녀는 문을 여자마자 신경질을 부렸다.

힘들게 레이드를 마친 뒤 쉬고 있었는데, 귀찮게 오라 가라 하니 짜증이 솟구치는 건 어쩔 수 없는 일이었다.

그래서인지 그녀는 자리에 앉은 사람이 재식이라는 걸 인식하지 못했다.

"여기 정재식 헌터에게 길드 내부 좀 안내해 주거라."

백강현은 다른 직원을 시켜도 되지만, 백장미가 적임자라 판단했다.

일단 재식과 안면도 있었고, 무엇보다 길드에 영입하겠다는 의사를 밝힌 게 그녀였다.

"어머, 재식 씨, 벌써 온 거야?"

"벌써는 아닙니다. 저는 약속 시간에 딱 맞춰서 왔거든요."

재식의 대답을 들은 백장미는 자신의 핸드폰을 꺼내 시간을 확인하더니 인상을 찌푸렸다.

"에이, 오늘 스트레스 풀러 쇼핑이나 갈까 했는데, 시간이 애매하네."

"장미야."

백강현은 자신의 지시를 받고도 엉뚱한 말을 꺼내는 딸에게 경고를 보냈다.

"흥, 알겠어요."

자신을 부른 이유를 알게 된 백장미는 조금 귀찮지만, 아버지의 뜻에 따르기로 마음먹었다.

"다른 건 더 시킬 것 없죠?"

백장미의 질문엔 신입 헌터 안내를 맡았는데, 다른 일까지 시킬거냐는 뜻이 담겨 있었다.

백강현은 딸의 성격을 잘 알기에 가만히 고개를 끄덕여 긍정의 의사를 표했다.

"그럼 가볼게요. 재식 씨, 어서 가요."

백장미는 아직도 소파에 앉아 있는 재식의 팔을 잡아 당겨 억지로 일으켜 세웠다.

"아, 네. 또 뵙겠습니다."

재식은 백장미에게 끌려 나가면서도 백강현에게 인사하

는 걸 잊지 않았다.

그러자 그는 가볍게 손을 들어 인사를 받았다는 것만 알리더니, 책상 앞으로 돌아가 앉았다.

하지만 백강현은 바로 서류를 살피지는 않았다.

딸에게 끌려 나가는 재식의 뒷모습을 바라보느라 잠시 한눈을 팔았기 때문이다.

재식의 뒷모습을 조용히 지켜보던 백강현의 눈빛이 일순간 차갑게 반짝였다.

3. 악의

재식은 계약을 마치고, 백장미의 안내를 받아 성신 길드 이곳저곳을 돌아봤다.

성신 길드의 본관은 길드 사무를 처리하는 건물이라 대충 어떤 부서가 있는지 설명하는 것으로 끝났다.

본관의 좌측에는 길드원들을 위한 훈련 시설과 지원 시설이 구비돼 있었고, 우측에는 몬스터 시체를 처분하는 처리장을 갖추고 있었다.

"방금 구경한 장소가 우리 성신 길드의 모든 행정을 처리하는 곳이라면, 지금부터 구경하게 될 이곳은 우리들이 잡아온 몬스터나, 딜러들이 돈을 주고 사들인 몬스터를 처리하는 곳이야."

본관을 설명한 뒤 백장미가 향한 곳은 우측의 몬스터 처리장이었다.

재식은 깜짝 놀랐다는 듯 눈을 동그랗게 떴다.

"성신 길드에서 몬스터 처리장까지?"

헌터 길드에서 몬스터 처리장을 함께 운영하는 것은 드문 일이다.

어차피 정부나 헌터 협회의 처리장을 이용하면 그만이었다.

그러다 보니 실제로 몬스터 처리장을 운영하는 길드는 많지 않았다.

심지어 10대 길드 중 절반은 길드에서 몬스터를 처리하지 않고 업체와 계약을 맺고 판매를 한다.

그런데 10대 길드도 아닌 성신 길드가 처리장을 운영하는 건 충분히 놀랄 만한 일이었다.

물론, 길드에서 자체적으로 몬스터 처리장을 운영하면 돈을 더 벌 수 있는 건 맞았다.

하지만 몬스터 도축을 전문으로 하는 인력이 필요하고, 그들을 놀리지 않을 수 있을 정도로 몬스터 사체를 공급해 줘야 한다.

하지만 몬스터란 것을 해체만 한다고 일이 끝나는 것도 아니다.

그중에서 쓸모 있는 것과 그렇지 않은 것을 부위별로 분류와 가공, 판매까지 해야 한다.

그만큼 일이 많았고, 관리할 인력도 더 필요해진다.

게다가 가장 큰 문제는 아무리 헌터가 초인이라 하더라도 쉬지 않고 몬스터만 잡을 수는 없다는 것이다.

몬스터 처리 업체에 일정 수수료를 지급하고 처리를 맡기거나, 아예 몬스터 사체를 판매해 버리는 게 여러모로 편했다.

그러다 보니 어지간한 대형 길드가 아니라면 굳이 몬스터 처리업까지 겸업하지 않았다.

다만, 모체 회사나 업무 협약을 맺은 쪽이 제약과 군수 쪽인 길드들은 반드시 처리장을 운영했다.

성신 길드는 성신 팩토리를, 7위인 LC 길드는 LC 테그원을, 9위인 2H 길드는 한국 화학에 소재를 재공하기 위해 처리장이 꼭 필요했다.

그리고 랭킹 3위의 인피니티와 6위 선화 길드는 성신 길드처럼 제약 회사가 후원하기 때문에 그들을 위한 연구 소재를 수집해야 했다.

10대 길드에 대한 정보는 종종 들어 알고 있는 바였지만, 성신 길드에 대한 건 처음 듣는 소식이었다.

"왜요? 10대 길드도 아닌 성신에서 몬스터 처리장을 운영한다는 게 이상한가요?"

"아, 그런 건 아닙니다. 저는 그냥 대단하다고 생각했습니다."

성신 길드는 10대 길드 안에 들기 위해 차근차근 준비를 갖추고 있었다.

"단순히 대단한 걸로 끝나지는 않을 거예요. 지금이야 10대 길드에 비해 밀릴 뿐이지 언젠가 따라잡을 테니까요."

백장미의 말에 재식이 고개를 끄덕였다.

재식은 백강현과 이야기하는 동안 그의 야망을 느낄 수 있었다.

그리고 그건 딸인 백장미 또한 마찬가지였다.

성신 길드가 언제 10대 길드 안으로 들어설지 알 수 없지만, 분명 그리 머지 않은 날일 것이다.

"에휴, 할아버지가 조금만 더 힘을 실어주셔도 좋을 텐데……."

"네?"

백장미가 한숨을 내쉬며 혼잣말을 꺼내자, 재식이 반문했다.

"아, 그냥 답답해서 튀어나온 말이에요. 신경 쓰지 마세요."

재식은 고개를 끄덕였다.

대충 후원사와 길드 사이에 빈번한 갈등이 신성 내에서도 벌어지고 있다는 걸 알 수 있었다.

길드는 성장하기 위해 변화를 추구하지만, 후원사인 모체 회사는 안정을 원할 것이다.

그것을 어떻게 조율하느냐가 중요한데, 쉽게 해결될 문제는 아니었다.

"뭐, 재식 씨가 나중에 S급 헌터가 돼서 성신 길드를 10대 길드로 만들어도 좋고요."

"하하, 저도 그럴 수만 있다면 좋겠네요."

성신 길드가 한 사람 때문에 좌지우지할 정도였다면, 30위권에도 진입하지 못했을 것이다.

현재 성신 길드는 길드장인 백강현이 팀장을 맡은 팀 저스티스와 간판 레이드 팀인 와일드 울프가 떠받치고 있었다.

그리고 이들을 지원하는 세 개의 레이드 지원팀까지 버티고 서 있었다.

지원 1팀과 2팀은 각각 저스티스와 와일드 울프가 레이드에 나서면 그들을 지원하는 역할을 맡았다.

그리고 지원 3팀은 지원 1팀과 2팀에 결원이 발생했을 때 이를 보충하기 위한 예비대였다.

그들이 힘을 모아 이끌어온 게 성신 길드였다.

물론, 지도자인 백강현의 존재도 중요하지만, 그 혼자뿐이었다면 성신 길드는 절대 30위권까지는 오르지 못했을 것이다.

게다가 이제는 팀 비스트라는 신생 헌터 팀까지 꾸린 마당이었다.

아직은 팀 멤버가 다섯 명뿐이라 인원이 정규 공대의 절반에도 미치지 못하지만, 실력은 정규 공대에 비해 부족하지 않았다.

그 말인즉, 인원을 보충하면 지금보다 더 뛰어난 활약을 보일 수 있다는 의미였다.

"그러고 보니, 팀 비스트는 인원이 다섯 명인데, 특별한 이유라도 있는 건가요?"

재식은 생각난 김에 그동안 궁금하던 것을 해소하기로 마음먹었다.

백장미는 곰곰이 생각하는 듯 인상을 찌푸리더니 어깨를 한 번 으쓱해 보였다.

"글쎄, 아빠 생각을 내가 어떻게 알겠어요."

"그런가요?"

"뭐, 대충 차세대 간판으로 밀겠다는 건 보이는데, 지켜보려는 게 아닌가 싶어요."

백장미는 인상을 찌푸렸다.

그런 후, 자신의 추측을 밝혔다.

하지만 그 이면에는 재식에게 밝힐 수 없는 내부 정보가 자리 잡고 있었다.

팀 비스트가 아직도 완편되지 못한 이유는 재능 있는 헌터를 영입해 제대로 된 팀을 꾸리고자 했기 때문이다.

성신 길드는 와일드 울프 팀을 출범할 때 성신제약에서 개발한 늑대 유전자 앰플로 변이를 거친 우수한 헌터들을 모았다.

하지만 다양성이 부족한 와일드 울프 팀이 레이드에서 애를 먹는 걸 보며, 헌터들의 실력만 뛰어나면 된다는 생각이 잘못됐다는 걸 알았다.

그래서 다음으로 구성할 레이드 팀인 팀 비스트는 서로 다른 맹수의 유전자를 시술받은 인재들로 꾸릴 예정이었다.

어떤 맹수의 유전자라 하더라도 부작용이 크게 줄어들었다.

거기에 효능을 높였기 때문에 맹수의 특징으로 전투력 차이가 벌어지는 일은 많이 줄어들었다.

현재 다섯 명뿐인 팀 비스트가 눈에 띄게 활약하는 것만 봐도 효과적이라는 걸 확인할 수 있었다.

만약 팀 비스트 멤버들이 조금 더 몬스터 레이드에 익숙해진다면 팀 와일드 울프를 넘어설 것이란 게 성신 길드의 간부들이 내놓은 평가였다.

성신 길드가 원하던 대로 상황이 흘러가자, 성신제약에서도 팀 비스트는 관심의 대상이 되었다.

팀 비스트 멤버들이 시술을 받은 앰플을 개발한 게 바로 성신제약이기 때문이었다.

성신제약의 연구진들이 팀 비스트 멤버들을 예의 주시하는 건 당연한 일이었다.

팀 비스트의 이름이 널리 알려질수록 국내는 물론이고, 외국에서도 성신제약의 유전자 앰플을 찾게 될 게 분명했다.

실제로 팀 비스트가 한창 이름을 알릴 때에는 성신제약의 유전자 앰플은 없어서 못 팔 정도로 호황을 누렸다.

가격 대비 성능이 뛰어난 장점 때문에 이대로 몇 년만 흐르면 유전자 앰플 시장을 독점할 수도 있다는 전망이 내놓을 정도였다.

"그럼 힘들지 않나요? 열두 명이 할 일을 다섯 명이서 해야 하니까요."

"그게 불만이란 말이죠. 얼마 전에 5등급 몬스터 레이드도 다섯 명으로 치렀으니까요."

"네? 그게 정말인가요?"

재식은 너무 놀라 입을 쩍 벌렸다.

"하아… 정말 이렇게 죽는 건 아닌가 싶었다니까요."

백장미가 땅이 꺼져라 한숨을 푹 내쉬며 어깨를 축 늘어뜨렸다.

겉으로 알려진 바와 다르게 팀 비스트의 5등급 몬스터

레이드는 성공적이지 않았다.

그도 그럴 것이, 5등급 보스 몬스터는 단독으로 생활하는 4등급 보스 몬스터와 덩치는 비슷하지만, 훨씬 강력한 몬스터였다.

아니, 강력한 정도가 아니라 부하 몬스터와 전술적으로 행동하며 헌터들을 사냥하려 했다.

그 때문에 팀 비스트를 지원하기 위해 동원된 지원 2팀과 지원 3팀의 헌터 상당수가 죽거나 부상당했다.

만에 하나의 경우에 대비해 팀 와일드 울프가 대기 중이지 않았다면, 팀 비스트 내에서도 사상자가 발생했을 것이다.

시기적절하게 나선 와일드 울프 덕분에 최악의 경우는 막을 수 있었다.

그러나 이런 사실은 숨겨지고 팀 비스트가 5등급 보스 몬스터를 잡는 데 성공을 했다는 내용만 외부에 알려진 것이다.

덕분에 헌터 협회 남부 지부의 의뢰에 실패했다는 사실은 묻히고, 성신제약의 유전자 앰플 판매는 다시 늘어나는 중이었다.

"레이드에 성공했다는 기사뿐이었는데, 그렇게 위험했나요?"

"어머, 재식 씨. 아직도 인터넷 기사가 전부 사실일 거라고 생각하는 건 아니죠?"

"그… 당사자 앞에서 말하는 건 조금 그렇지만, 어떤 어려움도 없이 몬스터를 사냥했다고 써져 있었는데요."

"그래서 더 열 받는 거예요. 이렇게 될 걸 빤히 알고 일을 진행시켰다는 거니까요."

재식은 가만히 고개를 끄덕였다.

잠깐 본 것에 불과하지만, 백강현이란 인물은 충분히 그러고도 남을 것 같다는 생각이 들었다.

"에이, 기분만 나빠졌네요. 혹시 안으로 들어가 볼 생각은 아니죠? 저기 들어가면 그야말로 피 냄새가 진동한다고요."

"그럼 그냥 다른 곳을 안내해 주세요."

"알겠어요. 그럼 따라오세요."

본관 건물과 몬스터 처리장까지 소개받은 재식은 헌터 지원 센터로 향했다.

그곳은 헌터들의 편의 시설은 물론이고, 훈련 시설까지 갖춰진 건물이었다.

쿵, 쿵!

"하압!"

"집중해!"

"정신 똑바로 안 차려?"

팡, 팡!

지금 재식이 바라보는 체육관 안은 여러 헌터들이 훈련에 집중하고 있었다.

앞으로 자신도 이곳에서 수련할 수 있겠다는 생각에 재식은 내부를 꼼꼼히 둘러봤다.

체력 단련 시설부터 각종 스파링 시설까지 없는 게 없었다.

그야말로 꿈의 공간이었다.

성신 길드에 소속되면 이곳 시설들을 이용할 수 있다는 생각에 재식은 벌써부터 몸이 근질거렸다.

"여긴 지원팀 소속 헌터들이 훈련하는 곳이에요."

"응? 지원팀?"

백장미는 마치 레이드 팀이 훈련하는 곳은 따로 있다는 듯 말을 꺼냈다.

"네. 전에 우리 길드에 대해 이야기했잖아요?"

"그랬죠."

"프리 헌터 공대와 다르게 헌터 길드는 메인 레이드 팀과 그들을 지원하는 지원팀으로 각각 나눠서 레이드를 진행해요."

"그럼 레이드 팀들이 훈련하는 곳은 별도로 있는 건가요?"

"물론이에요. 위층으로 올라가면 전용 시설이 따로 구비돼 있어요."

재식은 레이드도 팀이나 공대를 꾸려 나가는 것으로 알고 있었다.

그저 몬스터를 잡는 규모만 다를 뿐이고 길드도 마찬가지라 생각을 했는데, 자신이 정말 크게 착각하고 있던 것이었다.

"그런데 굳이 그럴 필요가 있나요?"

잘 모르는 것에 질문하는 걸 별로 부끄러워하지 않는 재식이 단도직입적으로 질문을 던졌다.

"뭐, 저도 그렇게 생각하지만, 일단 아빠가 해준 말을 그대로 해드릴게요. 단일 대상을 노리는 사냥이나 아주 작은 규모의 사냥이라면 상관없지만, 레이드가 되면 조심해야 한다고 하셨어요."

"어떻게?"

"고블린처럼 최하급 몬스터라면 별다른 준비 없이 그냥 상대해도 충분하겠지만, 위험 등급이 올라갈수록 헌터들이 준비해야 할 게 많다고 하더라고요."

백장미는 잠시 설명을 멈추고 체육관 중앙에서 훈련하는 헌터들을 가리켰다.

"저쪽을 한 번 보겠어요? 여기서 보면 잘 보일 거예요."

재식이 고개를 돌리자, 그곳엔 진형을 갖춰 훈련 중인 헌터들이 보였다.

"재식 씨는 아직 직접 보지 못했겠지만, 레이드 몬스터들은 대체로 덩치가 커요. 그리고 5등급부터는 부하를 거느리는 게 대부분이고."

"그럼 공대 규모를 더 늘리면 되지 않을까요?"

"뭐, 그래도 되겠지만, 부하들은 단순히 수가 많아서 힘들 뿐이니까요. 지원팀이 부하들을 상대하고 레이트 팀이 보스 몬스터를 상대하면 공대 규모를 늘리는 것보다 효율적이겠죠?"

"아!"

백장미도 재식처럼 체육관 중앙에서 훈련하는 지원팀의 헌터들을 바라봤다.

그들은 며칠 전 5등급 몬스터 레이드에 참가한 지원팀 소속의 헌터들이었다.

진형이 빈틈투성이인 걸 보니, 이번 레이드에서 결원이 발생하는 바람에 인원을 보충해 손발을 맞춰가는 중인 듯싶었다.

"그리고 메인 팀이 보스 몬스터를 잡기 전까지 최상의 전투력을 보존하는 게 레이드의 성공 확률을 높일 수 있는 방법이라고도 했죠."

재식은 백장미의 설명에 고개를 끄덕였다.

일반 파티나 공대와 길드의 몬스터 사냥법이 다른 이유를 깨달은 것이었다.

그와 동시에 사냥 과정에서 프리 헌터들의 사망률이 더 높은 까닭도 알 수 있었다.

그건 체계화 된 사냥 방법 때문이었다.

프리 헌터들에게 사냥은 언제나 전력을 다하는 사투였다.

하지만 길드에 소속된 헌터들은 역할을 나눠 레이드에 임했다.

지원팀이 잔챙이들을 상대하고, 힘을 비축한 메인 팀은 보스 몬스터를 상대한다.

간단해 보이지만, 엄청난 차이였다.

재식은 다시 한 번 백장미의 제안을 받아들인 게 옳은 선택이라고 여겼다.

*   *   *

최충식은 자다 말고 침대에서 벌떡 일어났다.

"헉!"

너무나 기분 나쁜 악몽을 꿨기 때문이다.

꿈은 여느 날처럼 레이드 중인 자신의 모습으로 시작됐다.

순조롭게 레이드를 진행하던 중 잠시 방심한 자신은 몬스터의 공격을 받아 큰 부상을 입었다.

물론, 여기까지는 충분히 일어날 수 있는 사고였다.

몬스터를 대수롭지 않게 느낄 정도의 실력자라도 방심하면 낭패를 당할 수 있었다.

그래서 바로 바닥을 굴러 일어나 몬스터의 숨통을 끊으려했는데, 누군가가 등장해 자신보다 먼저 나서서 몬스터의 목을 베었다.

그러더니 자신의 약혼녀인 백장미와 함께 웃으며 자신을 내려다봤다.

처음엔 햇빛을 등지고 있어서 얼굴을 볼 수 없었지만, 시선에 담긴 감정을 느낄 수 있었다.

마치 하찮은 벌레를 내려다보는 듯한 눈빛은 최충식에게 굴욕감을 느끼게 만들기 충분했다.

주먹을 꽉 쥐고 놈에게 다가가는 순간, 최충식은 꿈에서 깨어나고 말았다.

'정재식?'

잠에서 깨고 보니, 꿈속에서 자신을 업신여기던 게 누군지 단번에 알 수 있었다.

"으음……."

자신보다 강할 리가 없는데, 꿈에서 바라본 정체불명의 헌터와 재식의 느낌이 너무 흡사했다.

꿈에 불과하지만, 기분이 더러울 수밖에 없었다.

'나는 팀 비스트의 리더다. 고작 일반 헌터 따위에게 그

런 굴욕을 당할 사람이 아니야.'

국내 랭킹 30위권의 성신 길드 소속 헌터.

그런 대단한 성신 길드가 밀어주는 차세대 레이트 팀인 비스트의 리더가 자신이었다.

'세븐 윙이든 화랑 13기든 얼굴 비칠 만한 놈들은 많은데, 왜 하필 정재식이야?'

그동안 최충식이 라이벌이라 생각한 건 세븐 윙과 화랑 13기였다.

이 셋은 도토리 키 재기마냥 어느 누가 더 낫다 따질 수 없는 상황이었다.

오랜 기간 대한민국 길드 랭킹 1위를 지킨 화랑 길드의 화랑 13기가 최고라고 생각하는 이들이 있는 반면, 전원이 각성자로 구성된 케루빔 길드의 세븐 윙을 최고라고 여기는 사람도 많았다.

하지만 최근엔 팀 비스트의 인지도도 다른 두 팀에 비해 못지않다는 말이 나오는 추세였다.

다섯 명으로 능숙하게 4등급 몬스터를 사냥하는 데, 다른 팀들에 비해 더 뛰어난 실력을 갖춘 게 아니냐는 주장이 제기됐기 때문이다.

실제로 화랑 13기나 세븐 윙의 멤버 수는 열두 명이 넘었다.

최충식도 인원만 충원되면 차세대 레이드 팀으로 우뚝 서는 건 일도 아니라고 여겼다.

'젠장, 기분 더럽네……'

그런데 왜 이런 꿈을 꿨는지, 정말 알다가도 모를 일이었다.

'안 되겠어!'

꿈이 너무 생생했기 때문일까.

최충식의 마음 한편에서 불안감이 싹텄다.

"쯧, 잠은 다 잤네."

잠시 멍하니 앉아 있던 최충식은 자리에서 일어나 세면장으로 향했다.

*　　　*　　　*

팀 비스트 전용 아지트에서 쉬고 있던 민태식은 최충식을 발견하고 눈을 동그랗게 떴다.

오늘은 길드에 나오지 않고 푹 쉬겠다고 말한 충식이 등장하자 놀랐기 때문이다.

"대장, 무슨 일이라도 생긴 건가?"

"아니, 그런 건 아니야. 그런데 너희뿐이야? 장미는 안 나왔어?"

충식은 아지트 내를 휘휘 둘러보며 장미의 행방을 물었다.

"장미? 장미는 길드장님께서 불러 잠시 자리를 비웠다."

"그래? 그럼 난 장미한테 볼일이 있어서 먼저 간다."

평소와 다르게 여유가 없어 보이는 최충식의 모습에 민태식이 고개를 갸우뚱거렸다.

"대장, 장미는 아마 대장 친구가 길드에 가입한 것 때문에 불려갔을 거야. 기다리면 오지 않을까? 엇갈리는 것보다 기다리는 게 나을 것 같은데."

가만히 자신의 방어구를 닦던 이지웅이 퍼뜩 생각났다는 듯 말을 꺼냈다.

막 아지트를 나서려던 충식은 이지웅의 말에 살짝 인상을 구겼다.

꿈에서 본 장면이 떠올랐기 때문이다.

하지만 얼른 표정을 숨기며 질문을 던졌다.

"그놈이 우리 길드에 들어오기로 했나 보네?"

"우리 길드 정도면 감지덕지지. 거절할 이유가 없잖아?"

이지웅이 고개를 주억거리며 대답했다.

"일반 헌터가 100위권 길드도 아니고, 30위권인 대 성신 길드에서 가입 제안을 받았으니 당연하겠지."

이지웅의 말에 민태식도 한마디 거들었다.

"뭐, 자질은 쓸 만하니까, 잘하면 우리 팀으로 오지 않을까?"

소파에 누워 발을 까딱거리던 권효원까지 합세해 재식을 두둔하는 듯한 말을 꺼냈다.

"뭐, 길드장님의 판단은 다를 수도 있지만, 정말 우리 팀으로 올지도 모를 일이지. 대장 생각은 어때?"

민태식은 재식의 이야기에 점점 인상이 구겨지는 충식의 표정을 보지 못하고 계속해서 떠들었다.

"능력 있는 헌터가 우리 팀에 들어오면 좋지. 아무튼 나는 이만 간다."

더 이상 재식의 이야기를 듣고 싶지 않은 최충식은 서둘러 아지트를 나섰다.

"젠장!"

복도를 걷던 최충식은 화가 치밀어 오르는지 애꿎은 벽을 향해 주먹을 내질렀다.

그러자 그의 성질이 더럽다는 걸 아는 같은 길드의 헌터들이 사방으로 흩어졌다.

팀 비스트의 리더이자, 성신제약 고위층 인사의 아들인 최충식과 분란을 일으켜 봐야 득될 게 아무것도 없다는 걸 잘 알았다.

한참 벽을 두들기다 화를 삭힌 최충식은 다시 백장미를 찾아 나섰다.

그런데 저 멀리 모퉁이를 돌아 나오는 백장미의 모습이

눈에 들어왔다.

"장미……."

막 백장미를 부르려던 충식은 그녀를 부르다 말고 말을 삼켰다.

백장미의 뒤를 충견마냥 뒤쫓는 재식의 모습이 눈에 들어왔기 때문이다.

으드득!

충식은 그녀와 함께 웃으며 대화하는 재식의 모습에 이를 갈았다.

그는 무척 열받는 일이지만, 겉으로 감정을 드러내지 않기 위해 애썼다.

별것도 아닌 재식에게 화를 낸다는 것 자체가 자존심이 상하는 일이었다.

가만히 두 사람이 이야기하는 모습을 멀리서 지켜보는데, 백장미가 충식을 발견하고 크게 소리쳤다.

"어? 충식 씨!"

"충식아, 오랜만이네. 어디 다친 데는 없어 보여서 다행이다."

재식은 5등급 레이드 중에 위기가 있었다는 걸 백장미에게 들었기에 충식을 걱정하는 듯한 말을 꺼냈다.

"어, 그래."

선뜻 인사를 건네는 재식과 다르게 충식은 어색하게 그

인사를 받았다.

"고맙다. 네 제안이 없었다면 길드에 가입할 수 없었을 거야."

재식은 순수한 마음으로 감사 인사를 전했다.

그와 재회하지 않았다면, 그의 제안으로 지하철 던전을 돌며 백장미의 눈에 재능을 인정받지 못했다면 성신 길드에 가입할 일은 없었을 것이다.

재식은 충식과 과거에 좋지 않은 일이 있었다고 감사 인사까지 하지 않는다는 건 마음에 걸렸다.

"그게 뭐 고마워할 일이야? 충식 씨보단 내게 더 고마워해야지."

그러자 백장미가 입을 쭉 내밀고 투덜거리며 불만을 터뜨렸다.

재식은 얼른 옆에 선 그녀에게도 고맙다는 인사를 전했다.

백장미는 환하게 웃었지만, 그걸 바라보는 충식은 속이 쓰렸다.

'이것들이 지금 내 앞에서 뭐 하는 짓이야?'

충식은 인내심이 바닥나며 머릿속에서 뭔가가 툭 끊어지는 걸 느낄 수 있었다.

"재식 씨한테 우리 아지트를 구경시켜주러 가는 길인데, 충식 씨는 어디 가는 중이야?"

백장미는 말없이 가만히 서 있는 충식에게 질문을 던졌다.

"아니, 잠시 일이 있어서 들렀다가 이제 막 돌아가는 중이야."

"그래? 아빠가 또 잔소리라도 한 건 아니지?"

충식이 대답하는 목소리가 평소와 다르자, 백장미는 그가 기분이 좋지 않다는 걸 대번에 알아차렸다.

"아니, 그런 것 아냐. 이전 레이드 때문에 좀……."

딱히 변명거리를 찾지 못한 최충식은 말끝을 얼버무렸다.

장미와 재식이 함께 있는 모습을 보고 기분이 좋지 못하다는 걸 솔직하게 밝힐 수는 없었다.

"하긴… 이번 레이드가 좀 많이 힘들었지."

충식의 생각을 알 수 없는 백장미는 그의 말을 곧이곧대로 받아들였다.

하지만 엉뚱한 위로를 받은 최충식의 표정은 풀리지 않았다.

"아지트에 가는 길이라고? 어서 가봐. 난 돌아가서 좀 쉬어야겠다."

최충식은 두 사람에게 등을 돌리고 무작정 앞으로 걸었다.

그런 최충식의 등을 보며 백장미는 잠시 어처구니없다는

표정을 지어 보였다.

하지만 원체 제멋대로인 최충식의 성격을 알기에 더는 붙잡지 않았다.

"재식 씨, 아지트는 이쪽이에요."

백장미는 다시 재식에게 길드 내부를 안내하는 일에 집중했다.

그녀가 다시 안내를 시작하는 목소리에 충식은 뒤를 돌아봤다.

그러고 나서 함께 걸어가는 두 사람을 죽일 듯 노려봤다.

새파랗게 빛나는 충식의 두 눈은 증오로 가득 차 있었다.

'둘 다 가만두지 않겠어.'

충식은 애꿎은 원망을 터뜨렸다.

그러더니 뭔가 결심한 듯 어딘가를 향해 빠르게 걸음을 옮겼다.

한편, 충식과 헤어진 장미는 뭔가를 골똘히 생각하는 듯 미간을 좁힌 채 말이 없었다.

"무슨 일 있어?"

"아니, 충식 씨 표정이 좀 이상해서."

장미는 재식의 질문에 별거 아니라는 듯 말했다.

하지만 평소와 다른 충식의 모습이 이상하게 마음에 걸렸다.

예전에 대형 사고를 치기 전에 짓던 표정과 같았기 때문이다.

'설마 예전 친구를 만났다고 그때 버릇이 다시 나온 건 아니겠지?'

학창시절이라면 미성년이니 사고를 쳐도 집에서 해결해 줄 수 있었다.

하지만 성인된, 그것도 일반인이 아닌 헌터가 범죄를 저지르는 건 이야기가 달랐다.

무엇보다 최충식은 성신 길드의 차세대 레이드 팀의 리더로 세간의 이목이 집중된 상태였다.

이런 상황에서 사고를 쳐서 기사라도 터지면, 그동안 기회만 노리던 다른 길드에서 너도 나도 최충식과 성신 길드를 물어뜯을 게 뻔했다.

사태는 어떻게 수습되겠지만, 그 후에 최충식은 어떻게 될까.

다른 누구보다 백강현이 그를 절대 가만 두지 않을 것이다.

뭐, 그렇다고 최충식을 걱정하는 건 아니었다.

단지 그동안 들인 시간과 노력이 날아갈 게 두려울 뿐이었다.

솔직히 최충식 정도의 능력을 가진 이는 찾아보면 얼마든지 찾을 수 있었다.

그건 굳이 최충식을 고집할 필요가 없다는 말이기도 했다.

'충식 씨, 제발 사고만 치지 마. 아무리 충식 씨라도 선을 넘는다면 나도 어쩔 수 없어.'

그래도 다시 다른 이를 찾는 것보다 지금 있는 최충식이 남아 있는 게 나았다.

"이상하긴 했지……."

그건 재식도 느끼고 있었다.

최충식이 지금 사고를 치러가고 있다는 사실을 말이다.

어쩌다 한 번씩 보이는 사이코 같은 최충식의 눈빛을 재식은 너무 잘 알았다.

하지만 그게 자신과 백장미 때문이라는 건 생각지도 못하고 있었다.

"신경 쓰지 말고 어서 가요."

백장미는 고민을 툭 털어버리듯 발걸음을 돌렸다.

마치 예전에 자신이 정신 차리기 전의 모습을 본 것 같아서 기분이 나빠졌다.

자신은 앞뒤 가리지 않고 기분 내키는 대로 행동하던 시기는 넘어섰다.

그런데 최충식은 아직도 그때의 버릇을 버리지 못한 것처럼 보였다.

'뭐, 충식 씨가 아니더라도 충분히 대체가 가능한 인재를 찾았으니까, 이제 상관없지만…….'

백장미는 옆에서 걷는 중인 재식을 힐끔 곁눈질로 살폈다.

처음 재식을 만났을 때는 어리바리한 그의 모습에 웃음이 터져 나오는 걸 참기 위해 숨을 꾹 참았다.

자신과 비슷한 나이인데, 그에게서 느껴지는 기세는 별것 아니기 때문이었다.

하지만 그런 비웃음은 며칠 가지 않고 사라졌다.

몇 번 이야기를 나누다 보니, 재식이 헌터가 된 지 아직 1년도 채 되지 않았다는 걸 듣게 됐다.

일반 헌터가 어떤 도움도 없이 혼자 힘으로 20레벨이 된다는 건 쉬운 일이 아니었다.

각성까지 했다면 금상첨화겠지만, 그게 아니더라도 조금 레벨을 더 올려서 유전자 시술을 받으면 그만이었다.

보통의 일반 헌터라면 20레벨까지 성장하는 데 3년은 족히 걸렸다.

그것도 헌터로서 어느 정도 재능이 있어야 가능한 것이었다.

그런데 정작 재식은 자신이 대단하다는 걸 인식하지 못했다.

툭 까놓고 얘기해서 일반 헌터들 중에 재식의 자질은 상위 10% 안에는 들어간다.

이런 원석을 가만히 내버려 둘 수는 없었다.

재능 있는 헌터는 많을수록 길드에 보탬이 된다.

그래서 얼른 백강현에게 보고를 올렸다.

하지만 그는 섣부르게 판단하지 말고 조금 더 관찰하는 시간을 가져 보라고 충고했다.

그건 자신이 오판하지는 않았는지 점검해 보라는 뜻이었다.

백장미는 그 충고를 받아들였고, 얼마간 재식을 눈여겨 살폈다.

하지만 자신의 판단은 틀리지 않았다는 걸 확인하는 시간일 뿐이었다.

'충식 씨가 날 방해할 생각이라면, 내가 먼저 움직일 거야. 그러니까 조용히 지내줘.'

백장미는 스스로 누구보다 야망이 큰 사람이라 생각했다.

그래서 헌터의 세계로 뛰어들겠다는 결단도 내릴 수 있었다.

백장미의 다른 사촌 형제들은 헌터가 되지 않아도 충분하다는 판단을 내렸다.

그래서 회사 경영 쪽으로 길을 잡고 부단히 노력을 기울였다.

하지만 제약 회사 쪽은 큰아버지가 모두 장악한 거나 마찬가지였다.

방계인 자신이나 사촌 형제들이 끼어들 자리는 없다는 뜻이었다.

그러나 아버지가 길드장으로 있는 성신 길드라면 이야기가 달랐다.

길드는 아버지의 입김이 강하게 적용되는 곳이었다.

그건 성신제약의 후원을 받는다고 해서 제약이 있는 건 아니었다.

막말로 성신제약의 후원이 끊기면 다른 기업을 알아보면 될 일이었다.

게다가 아직은 성신제약의 매출이 성신 길드보다 더 나오고 있다지만, 그건 머지않아 역전될 가능성이 매우 높았다.

현대는 부쩍 늘어난 게이트로 인해 몬스터가 쏟아지는 상황이었다.

그 말은 헌터 사업이 지금보다 더욱 커질 것이란 뜻이었다.

그에 비해 성신제약은 국내는 물론이고, 외국 제약 회사들과의 경쟁이 점점 격화되며 고난을 겪을 게 빤했다.

비록 성신제약이 뛰어난 기술을 보유하고 있다지만, 애초에 해외 제약 회사의 경쟁 상대가 될 수 있는 건 아니었다.

국내 제약 회사들은 로비를 통해 외국 제약 회사가 국내로 들어오는 장벽을 높인 것에 불과했다.

　그 벽이 무너지면, 외국 제약 회사들의 물량 공세를 버티지 못하고 무너질 게 빤했다.

　"자, 여기가 우리 팀 비스트의 아지트예요."

　백장미가 생각을 정리하는 사이, 재식과 그녀는 팀 비스트의 아지트 앞에 도착했다.

4. 유전자 변형 시술

백장미와 재식이 웃으며 대화하는 모습을 목격한 최충식은 곧장 길드를 나서서 자신의 스포츠카를 정처 없이 몰았다.

　부우웅―

　지붕을 오픈한 상태로 바람을 맞으며 무섭게 속도를 내어 달려보지만, 화를 식히기에 불어 닥치는 바람은 미적지근했다.

　"으아아악!"

　답답한 마음에 고함을 질러봐도 스트레스가 해소되는 건 잠시뿐이었다.

쾅, 쾅!

빠아앙!

분한 마음에 핸들을 주먹으로 내리치자 요란한 경적 소리
가 울려 퍼졌다.

그러자 핸들이 틀어지며 차가 빙글빙글 돌았다.

끼이익!

충식은 당황하지 않고 급하게 브레이크를 밟으며, 핸들을
차가 도는 반대 방향으로 꺾었다.

"후우, 제길!"

날뛰던 차를 겨우 멈춰 세운 충식이 안도의 한숨을 내쉬
었다.

일반 사람보다 감각이 뛰어났기에 망정이지 까딱 잘못했
으면 차가 전복될 뻔했다.

그보다 더 다행인 건 차가 얼마 없는 외각 도로 위를 달
리던 중이라는 것이었다.

충식은 자신의 행동이 화를 삭이는 데 전혀 도움이 되지
않는다는 걸 깨달았다.

"이대로는 안 되겠네."

무슨 생각인지 충식은 액셀을 깊숙이 지르밟으며 왔던 길
을 다시 되돌아갔다.

* * *

성신제약 영업 본부의 상무실.

최현식은 자신의 사무실에서 의약품 판매 성적을 확인하며 판매 촉진을 위한 방법을 고민하고 있었다.

일반 의약품에서부터 헌터를 대상으로 한 관련 의약품들이 쏟아지는 상황이지만, 성신제약의 매출을 갈수록 줄어드는 상황이었다.

하지만 그건 성신제약만의 문제는 아니었다.

좁은 한반도 내에 제약 회사가 너무 많았다.

물론, 성신제약은 다섯 손가락 안에 꼽히는 대기업에 속하지만, 다른 제약 회사들보다 월등한 규모를 가진 건 아니었다.

성신제약과 비슷한 규모를 가진 회사만 두 곳이고, 조금 못 미치는 규모의 회사도 세 곳이나 되었다.

그 밑으로도 여러 제약 회사가 포진하고 있어서 대한민국 내 제약 부문은 포화 상태에 이른 지 오래였다.

거기에 해외 업체들의 개방 압력이 날로 강해지는 상황이었다.

그러다 보니 성신제약의 임직원들은 어떻게 해서든 영업 이익을 늘리기 위해 갖은 노력을 다하는 중이었다.

그런 노력의 방편 중 하나가 바로 회사 직속의 헌터 길드를 두는 것이었다.

성신제약의 회장 백장식은 일찍부터 미래를 내다보고 자신의 삼남인 백강현이 헌터가 된다고 했을 때, 이를 말리지 않고 적극 밀어주었다.

여느 아버지라면 위험한 헌터가 되는 것보단 안전한 회사 내에 적당한 자리를 제안했을 것이다.

하지만 원래 남을 잘 믿지 않는 백장식은 헌터 길드를 만들 생각을 떠올렸을 때부터 자식들 중 하나를 헌터 길드의 장으로 만들 생각을 하고 있었다.

그런데 삼남인 백강현이 먼저 헌터가 되겠다고 말하자 쌍수를 들고 환영했다.

백강현이 어중간한 헌터라면 한 번쯤 고민했을 텐데, 그는 백장식의 예상을 훌쩍 뛰어넘어 대한민국 최고의 헌터가 되었다.

게다가 헌터로서 뛰어난 것은 물론이고, 카리스마와 리더십 또한 손색이 없었다.

백강현이 길드장을 맡은 덕분에 성신 길드는 날로 성장해 국내 헌터 길드 랭킹 30위권에 올랐다.

최근 성신 길드의 매출은 모기업인 성신제약의 70%까지 따라잡았다.

이 속도라면 얼마 안가 성신제약이 성신 길드를 지원하던 상황이 역전될 터였다.

최현식은 그 상황이 몹시 불만이었다.

톡, 톡!

최현식은 손가락으로 책상을 내려찍었다.

이는 그가 뭔가 심각한 고민을 할 때 보이는 버릇이었다.

일정한 박자에 맞춰 손가락으로 책상을 두드리다 보면, 뭔가 해결책이 떠오르곤 했다.

'어떻게 하면 좀 더 영업 이익을 올릴 수 있을까?'

한참 그렇게 혼자서 고민하고 있을 때, 인터폰이 울렸다.

띠이.

"무슨 일이야?"

[아드님께서 찾아오셨습니다.]

'무슨 일이지?'

성신 길드와 성신제약이 겨우 울타리 하나를 두고 붙어 있지만 충식은 회사로 자신을 찾아온 적이 없었다.

"들어오라고 해."

벌컥.

말이 끝나기 무섭게 사무실의 문이 열리며 최충식이 안으로 들어왔다.

"커피 두 잔 내와."

최현식은 충식의 의견을 물어보지도 않은 채 커피를 시켰다.

그러거나 말거나 충식은 별말 없이 소파에 앉았다.

"무슨 일이냐?"

최현식은 인터폰을 내려두고 인상을 찌푸린 채 앉아 있는 자식의 모습을 바라봤다.

"마음에 들지 않는 놈 하나가 길드에 들어와서 좀 그래요."

최충식은 별거 아니란 식으로 이야기를 하였지만, 말 속에 짙은 악의가 섞여 있었다.

아버지인 최현식이 아들의 속내를 알아차리지 못할 리가 없었다.

"장미와 문제가 있는 거냐?"

최현식의 눈가가 실룩거렸다.

자존심 강한 아들이 자신의 앞에서 표정 관리를 하지 못하는 건 대부분 백장미와 관련된 일 때문이었다.

백장미는 최현식에게 예비 며느리 이상으로 중요한 존재였다.

비록 그녀의 태생이 방계라 하더라도 성신제약의 회장인 백장식에게는 눈에 넣어도 아프지 않을 손녀였다.

그리고 성신 길드장인 백강현의 무남독녀이기도 했다.

최충식이 백장미와 결혼하게 된다면 그동안 로열 패밀리의 전유물이던 전무이사 자리도 꿈은 아니었다.

그러다 보니 최현식은 백장미와 충식의 일에 관심을 가질 수밖에 없었다.

방해꾼이 생겼다면 어서 치워야 했다.

"예전 가지고 놀던 장난감이랑 우연히 만나 좀 놀아줬는데, 그놈이……."

"그놈이 뭐."

"길드에 들어왔습니다."

"뭐? 뭐 하는 놈이기에 길드에 들어와?"

아들이 예전 가지고 놀았다면 아마 학창시절의 동급생일 터였다.

"일반 헌터인데, 장미가 자질이 좋아 보인다며 스카우트하더군요."

최현식은 기가 차다는 듯 코웃음을 쳤다.

별 대단하지도 않은 벌레 한 마리가 자신의 야망을 가로막으려 애쓰는 것처럼 느껴졌다.

"그래서 어떻게 할 생각이냐."

최충식은 그의 질문에 눈빛을 반짝이며 나지막하게 말을 꺼냈다.

"…조만간 시술을 받을 것 같으니 앰플 좀 구해주세요."

"앰플?"

느닷없이 앰플을 구해 달라는 충식의 말에 최현식이 반문했다.

"네. 예전 개발한 것 중에 실용성이 떨어진다고 양산 중단한 거 있잖아요."

2년 전, 성신제약 유전자 연구소는 맹수의 유전자가 아닌 것들까지 연구 범위를 넓힌 적 있었다.

"너, 그걸 어떻게⋯⋯."

맹수의 유전자보다 강력한 몬스터의 유전자를 헌터의 몸에 주입하면 어떻게 될까.

연구가 진행되며 어려움과 실패를 겪었지만, 일단 성공하기는 했다.

최하급 몬스터인 슬라임의 유전자 이식에 성공했기 때문이다.

이에 고무된 연구원들은 보다 강력한 몬스터의 유전자를 연구했다.

하지만 이후 연구에서는 어떤 성과도 얻지 못하고 실패하고 말았다.

시술 자체는 어렵지 않았지만, 적응 과정에서 문제가 드러났다.

몬스터의 유전자를 시술받은 헌터는 이성을 잃고 몬스터의 흉포성만 발현되기 일쑤였다.

그러다 마지막에는 인간의 모습을 한 몬스터가 돼버렸다.

처음에는 정부에서도 관심을 보이던 연구였지만, 몬스터가 된 헌터에 의해 연구소 직원들이 사망하는 사건이 발생하면서 중단되고 말았다.

하지만 인간의 욕심은 끝이 없었다.

그런 인명 피해를 겪고도 성신제약은 연구를 멈추지 않았다.

슬라임의 유전자로 한 번 성공을 거뒀기 때문인지, 성신제약 연구원들의 욕망은 쉽게 사라지지 않았다.

조금만 더 연구하면 인간의 DNA와 몬스터를 안전하게 결합시킬 수 있을 것이라 여겼다.

그러다 다시 한 번 몬스터의 유전자와 인간의 DNA를 결합시는 데 성공했다.

상대의 모습을 복사해 습격하는 카피캣의 유전자가 인간의 DNA와 안정적으로 결합하는 걸 확인한 것이었다.

하지만 이번에도 반쪽짜리에 그치고 말았다.

카피캣의 형태 모방까지는 가능했지만, 상대의 능력을 복사하는 능력까지 부여할 수는 없었기 때문이다.

"그건 실험실에 보관되어 있어 나라도 밖으로 빼낼 수 없다."

카피캣 유전자 연구는 국가 정보부의 요원이나 게이트와 던전에 침투해 정보를 알아내는 패스파인더를 양성하기 위해 연구하던 것이었다.

하지만 기대하는 수준에 미치지 못하는 다운 그레이드 형태로 완성되고 말았다.

그때 생산된 프로토타입 앰플 다섯 개 중 네 개는 실험에서 사용되고, 남은 앰플은 딱 하나였다.

빼돌려도 되는 제품이라면 몰라도 프로토타입은 건드릴 수 없었다.

"게다가 시술하려는 앰플과 바꿔치기를 하려면, 그놈의 유전자 변형 시술하는 곳이 연구소여야 한다."

"뭐, 그거야 내가 서류를 바꿔치기 하면 그만이지."

최충식은 억지를 부렸다.

하지만 최충식의 간계대로라면 일은 쉽게 풀릴 것이었다.

충식은 재식을 속여 유전자 변형 시술에 동의하는 서류 대신 연구소의 유전자 변형 시술에 지원하는 서류에 사인하게 만들 계획이었다.

뒤늦게 일이 잘못됐다는 걸 알더라도 서류를 제대로 읽지 않고 사인한 재식의 잘못이 제일 클 터였다.

자신 역시 모르는 일이라고 발뺌하면 그만이었다.

사건이 커지면 길드에서 견책 정도는 나오겠지만, 눈앞에서 재식을 치워버릴 수만 있다면 아무래도 상관없었다.

학창시절에 충식이 재식을 괴롭힌 이유는 열등감 때문이었다.

집안이 가난해 학교 수업이 전부인 놈이 고액 과외를 받는 자신보다 성적이 높았다.

만에 하나라도 재식이 유전자 시술을 받고 자신보다 더

뛰어난 재능을 보인다면, 현재 자신의 지위가 흔들릴 수도 있었다.

그렇다면 싹이 자라나기 전에 뽑아버리는 게 최선이었다.

본격적인 헌터의 길에 들어서기 전인 재식의 기회를 뺏는 건 자신의 힘으로도 충분히 가능한 일었다.

일이 잘만 풀리면 재식에게 관심을 보이던 백장미도 금세 흥미를 잃고 자신에게 돌아올 게 분명했다.

형편없는 유전자를 시술받은 재식이 성공할 수 있는 가능성은 없었다.

남은 건 자신의 해피앤딩뿐이었다.

충식은 순식간에 나락으로 떨어져 꿈틀거리는 재식을 볼 생각에 미소를 띠었다.

유전자 시술로 중급 헌터의 벽은 넘을 수 있겠지만, 겨우 오크 정도나 상대할 수 있는 헌터를 누가 받아주겠는가.

'유전자 변형 시술을 받으면 각성 헌터가 될 확률이 낮아질 테고, 유전자 시술의 능력도 겨우 형태만 흉내나 내는 능력일 뿐인가? 흐흐흐.'

충식은 재식이 절망하며 자신을 향해 원망을 쏟아낼 모습을 상상하니 웃음을 참을 수가 없었다.

＊　　　＊　　　＊

짹, 짹짹.

날이 밝았다.

창밖에서 이름 모를 새가 나뭇가지에 앉아 울고 있었다.

"아함……."

재식은 늘어지게 하품을 하더니, 기지개를 쭉 켰다.

오늘은 그토록 염원하던 유전자 변형 시술을 받는 날이었다.

헌터란 직업을 알게 된 뒤부터 항상 바라 마지않던 순간이었다.

그래서 어제 밤늦게까지 잠들지 못하고 뒤척거리다 새벽이 돼서야 겨우 눈을 붙였다.

그런데 평소 일어나던 여섯 시에 눈이 번쩍 떠졌다.

"후읍, 후우."

자리에서 일어난 재식은 심호흡을 한 번 해보았다.

하지만 두근거리는 심장의 떨림이 진정되지 않았다.

짝!

재식은 아직 잠에서 깨어나지 못하고 꿈을 헤메는 건 아닌가 싶었는지 양손으로 자신의 뺨을 세게 때렸다.

"으으."

얼얼하니 정신이 번쩍 들었다.

"늦지 않으려면 얼른 준비해야지."

방을 나선 재식은 곧장 몸을 씻었다.

오늘을 기점으로 자신의 인생이 바뀔 거라 생각한 재식은 절로 콧노래를 흥얼거렸다.

간단하게 아침을 먹고 재식은 성신 길드로 향했다.

처음 방문할 때처럼 입구에서부터 제지당하는 일은 없었다.

정문을 지나친 재식은 헌터 지원 센터에 있는 팀 비스트의 전용 아지트로 향했다.

성신 길드에 가입했지만 아직 안면이 있는 사람은 팀 비스트 멤버들뿐이다.

게다가 팀 비스트 멤버들은 어쩌면 재식이 자신들의 팀에 들어올지도 모른다고 여겼기에 찾아오는 걸로 불편해하지 않았다.

"좋은 아침!"

아지트의 문을 열고 들어선 재식이 인사했다.

하지만 아직 아지트에는 나온 이는 아무도 없어서 인사를 받아주는 사람은 없었다.

"내가 일착이네!"

아무도 없는 아지트에 들어선 재식은 일단 실내 환기를 시켰다.

굳이 그럴 필요는 없었지만, 괜히 기분이 좋아 그러는 것이었다.

얼마나 시간이 흘렀을까.

아지트의 문이 열리는 소리가 들렸다.

"어? 벌써 와 있었네?"

백장미는 아지트로 들어서다 말고 안에 재식이 있는 걸 보고 놀란 듯 눈을 동그랗게 떴다.

"좋은 아침이에요."

재식은 문을 열고 들어서는 백장미를 마주 보며 인사했다.

"뭐 하러 이렇게 일찍 왔어요? 시술받으려면 아직 시간이 좀 남았는데."

"그냥 너무 흥분돼서 일찍 일어났어요."

"흥분된다고요? 걱정되거나 떨리는 게 아니고요?"

백장미는 재식을 이해할 수 없다는 듯 고개를 갸웃거렸다.

하지만 재식은 밝게 웃으며 고개를 끄덕였다.

그러자 기가 막힌 장미는 고개를 절레절레 저었다.

그녀는 시술을 받기로 한 당일, 자신이 인간이 아니게 될지도 모른다는 두려움에 정신을 차릴 수가 없었다.

그 때문에 원래 받기로 한 날은 포기하고, 며칠이 지나 어느 정도 마음이 진정됐을 때 시술을 진행했다.

그런데 앞에 있는 재식은 마치 놀이동산에 놀러가는 아이마냥 신나 있었다.

헌터들 중에서는 유전자 변형 시술을 받는 것이 두려워

시술을 포기하는 헌터도 많았다.

그에 비해 재식은 그런 두려움이 전혀 보이지 않았다.

"재식 씨, 참 대단하네요."

백장미는 자신도 모르게 생각을 입 밖으로 내뱉었다.

"하하, 그런가요?"

장미의 칭찬에 재식은 뒷머리를 극적이며 빙구처럼 보이는 미소를 지었다.

"일반 헌터가 상대하기 버거운 오크를 상대로 겁 없이 덤비는 것만 봐도 평범한 건 아니죠."

재식은 겪으면 겪을수록 보통 사람과는 다른 무언가를 느꼈다.

"지금 그거 놀리는 거 아니죠?"

"어머, 제가 장난친다고 생각하는 건가요?"

"음……."

재식은 순간적으로 백장미의 칭찬에 얼굴이 붉어지며 괜스레 가슴이 울렁거렸다.

쿵!

"응?"

"어머!"

갑자기 들린 큰 소리에 재식과 백장미는 깜짝 놀랐다.

"뭐야? 충식 씨, 왜 갑자기 큰 소리를 내서 사람을 깜짝 놀라게 해?"

소리가 들린 곳으로 고개를 돌린 백장미는 문 앞에 최충식이 서 있는 것을 보고는 소리쳤다.

"아, 놀랐어? 미안!"

최충식은 아지트 안에서 재식과 백장미가 다정하게 이야기하는 소리가 들리기에 문을 세게 열었다.

하지만 전혀 몰랐다는 듯 시치미를 뗐다.

"충식 씨, 오늘도 기분이 안 좋은 거야?"

"아, 오다 좀 안 좋은 일이 있어서. 놀라게 했다면 정말 미안해."

충식은 백장미를 보지 않고 말하며 그녀에게 대충 사과했다.

그런 최충식의 모습에 백장미는 잔뜩 인상을 찌푸렸다.

하지만 아침부터 따져봐야 자신도 하루 종일 기분이 나쁠 것이 분명하기에 그냥 넘어가자고 마음먹었다.

"오늘 시술받는 날인데 괜찮아?"

충식이 재식에게 질문을 던졌다.

"응, 조금."

"응? 떨려? 조금 전에는 두근거린다면서?"

"아니, 너무 흥분돼서 떨리는 거야."

"호호호, 뭐라고요?"

재식의 말에 백장미는 입을 가리고 웃었다.

그런 두 사람의 모습에 최충식은 다시 기분이 나빠졌다.

"당분간 적응하느라 힘들겠네, 힘내라."

최충식은 더 남아 있다가는 화를 참지 못해 사고를 칠 것 같아 얼른 자리를 떠났다.

"얼마나 걸릴지 모르지만, 다음에 다시 봐요."

백장미도 재식에게 손을 흔들며 인사하더니 충식의 뒤를 따라 나섰다.

"네. 나중에 적응 훈련 끝나고 다시 봐요."

두 사람의 모습이 보이지 않자 재식은 자신도 모르게 한숨을 쉬었다.

긴장하지 않았다고 했지만 사실 무척이나 떨렸다.

아무리 요즘 나오는 유전자 앰플의 부작용이 적다고는 하지만, 아예 없는 것은 아니었다.

그나마 부작용에 대비한 매뉴얼이 있어서 부작용의 후유증도 많이 줄었다는 건 다행이었다.

유전자 변형 시술 초기에는 아주 심각한 부작용도 많았다.

하지만 이제는 시대가 바뀌었고, 좀 더 안전한 방법이 개발되고 심각한 부작용에 빠지는 사례는 줄어들었다.

다른 객체의 유전자가, 그것도 맹수의 유전자가 몸속으로 들어오는 일이었다.

두렵지 않을 리가 없다.

재식은 부디 부작용 없이 시술이 끝나기를 빌었다.

                    *   *   *

　10평 남짓한 하얀 방은 소독약 냄새 때문에 조금만 숨을 쉬어도 코가 아플 지경이었다.

　그리고 방의 가운데 설치된 유니트 체어는 마치 오래전 사형수들을 사형시키던 전기 의자와 비슷해 보였다.

　그 옆에 수술 준비대에는 밀봉된 주사기와 작은 약병이 보였다.

　유니트 체어와 약물 선반이 함께 있다 보니, 유전자 변형 시술을 진행하는 시술실은 사형실처럼 느껴졌다.

　막 시술실 안으로 들어선 재식은 그 모습에 긴장돼 몸이 굳어졌다.

　"긴장하지 마시고, 의자로 가서 앉으세요."

　그 모습에 녹색의 수술복을 입은 의사는 안심하라는 듯 재식에게 말을 걸었다.

　"아, 네."

　의사의 말에 대답했지만, 재식은 긴장돼는 모양인지 마른 침을 삼켰다.

　꿀꺽!

　그런데 그 소리가 너무 커서 재식을 당황하게 만들었다.

　"하하하, 많이 긴장이 되시죠? 걱정하지 마세요. 금방 끝납니다."

의사는 눈웃음을 지으며 재식의 어깨를 가볍게 두드렸다.

그런 의사의 모습에 재식도 심호흡을 하며 긴장을 풀었다.

"후읍, 후우."

재식이 심호흡을 몇 번 하는 것을 지켜보던 의사는 재식이 어느 정도 안정된 듯 보이자 유니트 체어를 가리키며 말을 꺼냈다.

"안전한 시술을 위해 잠시 구속하겠습니다."

의사는 자신의 행동을 일일이 설명하며 재식이 확실하게 이해하는 걸 확인했다.

흥분 상태인 시술자가 언제 이상 행동을 보일지 모를 일이었다.

의사는 최대한 시술자가 움직이지 못하게 양팔은 물론이고, 양발, 몸, 목, 그리고 머리까지 고정시켰다.

그 모습은 마치 중 범죄자를 심문하기 위해 구속한 모습과도 같았다.

"긴장하지 마세요. 모두 안전을 위해 그러는 것이니."

의사는 재식이 긴장을 할까 봐 계속해서 말을 걸며 긴장을 풀어주었다.

드르륵! 드르륵!

바퀴 굴러가는 소리가 들리고 재식의 주변으로 수술 준비대가 가까이 다가와 자리를 잡았다.

"이걸 무세요."

의사가 재식에게 물려준 것은 이곳 시술실에 들어오기 전 본을 뜬 실리콘 재질의 마우스피스였다.

"준비되었나요?"

의사는 재식을 돌아보며 물었다.

재식은 의사의 질문에 눈을 길게 감았다가 떴다.

준비가 되었다는 소리였다.

입에는 마우스피스를 끼고 온몸을 유니트 체어에 구속되어 있기에 뜻을 전달할 수 없으니, 미리 신호를 정해뒀다.

"그럼 지금부터 시작하겠습니다. 많이 아플 테지만, 금방 끝날 겁니다."

의사의 말이 끝나자마자 목에서 엄청난 고통이 느껴졌다.

재식은 두 눈을 부릅뜨고 신음성을 흘렸다.

"흡!"

너무나 큰 고통에 절로 이를 악 물었다.

만약 마우스피스를 끼지 않았더라면 이가 모두 나가버렸을 정도였다.

하지만 그것만으로는 부족했기에 재식은 온몸에 힘을 주며 견디려 했다.

"5㎖, 10㎖."

띠, 띠, 띠띠, 띠띠.

처음 척수에 유전자 수액이 5㎖ 주입되었을 때, 심장 박동을 체크하는 비프 음은 평상시와 다르지 않았다.

하지만 10㎖가 주입되자 조금 더 빠르게 뛰었다.

"맥박, 빨라지기 시작했습니다."

비프 음이 빨라지자 모니터링을 하던 견습의가 의사에게 보고했다.

순조롭게 진행되던 시술은 잠시 중단되었다.

의사는 여러 지표가 표시되는 그래프를 보면서 시간을 들여 바이털이 안정될 때까지 기다렸다.

띠, 띠.

그러자 빠르게 뛰던 비프 음이 안정적으로 바뀌었다.

의사는 다시 자리를 잡고 시술을 준비했다.

"CC 투입!"

"15㎖ 들어갔습니다."

다시 유전자 수액이 5㎖ 더 투약되었다.

띠띠, 띠띠!

유전자 수액이 더 늘어나자 또다시 비프 음이 경고하듯 빠르게 울렸다.

"중화제 넣어!"

"중화제 5㎖ 주입했습니다."

"10㎖ 더 넣어."

"10㎖ 더 들어갔습니다."

시술은 마치 군대의 작전을 지휘하는 듯한 모습이었다.

$$* \qquad * \qquad *$$

재식의 유전자 변형 시술은 하루에 끝나지 않았다.

시술 첫날부터 구속구에 묶인 채로 며칠 동안 유전자 수액을 맞아야 했다.

"선생님, 얼마나 수액을 더 맞아야 하나요?"

벌써 세 차례나 유전자 변형 시술을 받았다.

"오늘 받고 세 차례를 더 받으시면 끝입니다."

의사는 재식의 질문에 간단하게 대답을 하였다.

"왜 이렇게 오래 걸리는 거죠?"

유전자 변형 시술은 금방이고, 그 뒤로 적응 훈련이 오래 걸린다고 들었다.

그런데 자신은 시술을 받는 기간이 너무 긴 것 같았다.

"경과를 지켜보며 최대한 안전하게 진행하다 보니 어쩔 수 없습니다."

의사는 재식의 질문에 어깨를 으쓱해 보였다.

하지만 그건 변명에 불과했다.

원래대로라면 재식은 시술을 마치고 적응 기간을 거치고

있을 것이다.

하지만 최충식의 계략으로 몬스터의 유전자 앰플을 시술받는 재식은 몇 차례에 걸쳐 천천히 유전자 앰플을 투여 받고 있었다.

재식은 현재 프로토타입 앰플의 마지막 지원자로 바꿔치기 당한 상태였다.

재식이 의사로 알고 있는 사람들도 성신제약의 연구원들이었다.

그들은 아주 조심스럽게 앰플을 주입하며 네 차례에 걸쳐 얻은 데이터와 재식이 보이는 반응을 비교하는 중이었다.

그걸 모르는 재식은 유전자 변형 시술이 원래 이렇게 까다로운 절차를 거치는 건지, 자신이 특이한 케이스인지 고민했다.

"오늘은 2단계로 넘어간다."

"알겠습니다."

연구원들이 팀장의 지시에 대답을 하였다.

"MS 준비해."

"MS, 알겠습니다."

카피캣 프로젝트의 팀장은 이미 최현식 상무로부터 재식에 대한 이야기를 들었다.

그래서 이런 좋은 기회에 두 가지 몬스터의 유전자를 사용해 보기로 했다.

쓸모없는 존재이고, 실험이 끝나면 소리 소문 없이 처리 될지도 모르는 실험체였다.

어떤 실험을 진행해도 거리낄 게 전혀 없었다.

"팀장님, 그런데 괜찮겠습니까?"

팀장의 지시를 받은 선임 연구원은 조심스럽게 그에게 다 가와 작은 목소리로 물었다.

"뭐가?"

"그… 메탈 슬라임까지 주입하면 죽지 않을까요?"

팀장이 언급한 MS는 다름 아닌 메탈 슬라임의 앰플이었 다.

메탈 슬라임과 카피캣은 부정형 몬스터에 속했다.

둘을 더하면 효과가 더 좋아지지 않을까, 아니면 전혀 다 른 결과가 나올까.

어느 쪽이던 귀중한 자료로 남을 것이다.

"최현식 상무님 지시야."

"네? 최현식 상무님이요?"

선임 연구원은 살짝 고개를 돌려 유니트 체어에 구속돼 있는 재식을 돌아보며 작게 중얼거렸다.

"이봐, 자네 목은 두 개인가? 우린 그냥 지시한 대로만 움직이면 되니까, 쓸데없는 걱정은 하지 말라고."

"음……."

선임 연구원은 못내 양심에 걸리는지 작게 신음을 흘렸다.

"나도 하기 싫은 건 마찬가지야. 하지만 우리 과학자들이 인류를 지키기 위해선 어떤 것이라도 연구를 해야 해. 저렇게 좋은 실험체가 있는데, 이런 기회를 그냥 놓칠 거야?"

팀장은 괴변을 늘어놓으며 자신의 실험의 정당성을 주장했다.

자신이 인체 실험의 마루타가 된 걸 모르는 재식은 하루빨리 시술이 끝나 적응 훈련을 받고 싶었다.

하는 일 없이 구속구에 묶여 있는 게 여간 고역이 아니었기 때문이다.

5. 음모와 욕망

많은 사람들이 고된 일과를 마치고 편안한 안식을 취하는 새벽.

어두운 방 안 침대 위에 누운 재식은 쉽게 잠들지 못했다.

재식은 끙끙 앓으며 괴로워했는데, 그건 온몸을 태울 듯한 열기 때문이었다.

"으윽!"

덜컹, 덜컹.

고통 때문에 움직일 때마다 침대가 요란하게 덜컹거렸는데, 침대 아래로 떨어지는 일은 벌어지지 않았다.

그도 그럴 것이, 이곳까지 그를 옮긴 성신제약 연구원들이 혹시라도 자해할지 몰라 그의 몸을 침대에 고정시켜 뒀기 때문이다.

"헉, 헉!"

수시로 찾아오는 타는 듯한 작열통 때문에 재식은 힘들게 숨을 쉬면서 고통을 참기 위해 손발에 힘을 줬다.

하지만 그렇다고 고통이 줄어들지는 않았다.

경추 부위에서 시작된 고통은 시간이 지날수록 불이 번지듯 척추를 타고 위아래로 번져 나갔다.

"아아악! 으악!"

재식은 점점 강렬해지는 통증에 더 이상 참지 못하고 비명을 내질렀다.

새벽 시간이라 다른 사람들에게 피해를 주지 않기 위해 억지로 비명을 참았지만, 더는 그럴 수 없었다.

그런데 그의 신체가 천천히 변화하고 있었다.

재식은 고통에 정신을 차릴 수 없기에 인지하지 못했지만, 그를 억압하던 구속구는 끊어져 날아가 버렸다.

신체의 구속이 풀린 재식은 침대 위를 구르며 어떻게 해서든 고통을 덜어보려 했다.

하지만 몸을 태울 듯한 고통은 점점 더 강렬해질 뿐이었다.

"아악! 으아악!"

재식의 몸을 묶던 구속구가 파괴되자, 하얀 가운을 입은 사람과 푸른 제복을 입은 건장한 사내들이 방 안으로 들이 닥쳤다.

"붙잡아!"

하얀 가운을 입은 남자가 푸른 제복을 입은 두 남자에게 명령했다.

두 사람은 서둘러 재식에게 다가가 사지를 단단히 붙잡았다.

"으악! 아악! 죽여줘!"

너무 심한 고통에 정신없는 가운데, 재식은 누군가 자신을 몸을 붙잡자 죽여 달라는 말을 했다.

"로라제팜 2㎖ 투입하세요."

흰 가운을 입은 사내는 뒤에 대기를 하던 여자 연구원에게 신경 안정제의 하나인 로라제팜의 투여를 지시했다.

로라제팜은 약물이 투입되고 즉각적으로 효과가 나타난다.

하지만 지금까지 연구소에 들어온 실험체들과 다르게 재식은 로라제팜을 맞았음에도 불구하고 별다른 변화를 보이지 않았다.

"아아악!"

아니, 안정이 되는 것은커녕 그의 비명은 더욱 커져만 갔다.

너무도 커다란 고통에 정신이 나간 재식은 비명을 지르며 몸부림쳤다.

"어억!"

재식의 팔을 붙들고 있던 보안 요원은 그의 팔이 미끄라지가 손아귀에서 빠져나가는 걸 보고 깜짝 놀라며 비명을 질렀다.

"허억!"

다리를 잡고 있던 보안 요원도 자신의 손을 빠져나간 다리가 얼굴로 날아들자 깜짝 놀라 헛바람을 들이켰다.

"아니, 뭣들 하고 있는 겁니까?"

겨우 부작용으로 몸부림치는 실험체 하나 제대로 붙들지 못하는 보안 요원들의 모습에 연구원이 호통을 쳤다.

"아니, 이 사람 신체가 정상이 아닙니다."

연구원이 화내자 보안 요원 중 한 명이 변명하듯 떠들었다.

"이 사람 뼈가 모두 사라진 것처럼 흐물거립니다."

다른 보안 요원도 자신들이 재식의 신체를 놓친 이유를 설명했다.

"그게 무슨……."

보안 요원들이 변명하는 것이라 생각하고, 화를 내려던 연구원이 말을 하다 말고 곰곰이 생각했다.

'설마…….'

그는 손짓으로 보안 요원들을 재식에게서 떨어지라 지시

했다.

그 손짓에 재식의 몸을 붙잡으려던 보안 요원들이 재빨리 뒤로 물러났다.

보안 요원들을 뒤로 물린 연구원은 가슴의 포켓에 꽂아둔 작은 라이트를 꺼냈다.

바로 라이트를 켠 연구원은 재식의 신체 이곳저곳을 비춰 보며 살폈다.

그러더니 뒤도 돌아보지 않고 빈손을 내밀어 뭔가를 쥐는 듯한 액션을 취해 보였다.

그러자 여성 연구원이 얼른 다가와 그에게 태블릿을 건넸다.

그건 미국의 유수 의료 기기 제작사인 오릭스사에서 생산한 휴대용 X—레이였다.

휴대용이라 해도 그 기능은 뛰어났다.

뼈는 물론이고, 신체 장기를 살필 수 있는 특수한 장비였다.

그는 블루투스로 본사의 서버와 기기를 연동시켜 재식의 신체를 살폈다.

"바로 팀장님께 연락해."

태블릿 화면에서 눈을 떼지 않은 연구원이 입을 열었다.

"이 시간에요?"

여자는 고개를 갸우뚱거렸다.

"지금 시간이 중요해? 프로젝트의 새로운 돌파구를 발견할 수도 있는 일이야. 나중에 팀장님이 보고하지 않은 걸로 꼬투리 잡으면 너나 나나 피곤해져."

"아, 네. 알겠습니다."

여자 연구원은 얼른 방을 빠져나가 팀장에게 연락을 취했다.

＊　　＊　　＊

20여 년 전, 지구에 게이트가 등장하고 그 안에서 몬스터가 튀어나왔다.

그렇게 세계는 새로운 시대를 맞이하게 되었다.

그러자 이전에 사라진 야간 통행금지가 부활했고, 밤늦은 시간까지 흥청망청 술에 취해 노는 문화는 사라졌다.

정상적인 사고를 가진 사람이라면 아무리 유흥이 좋아도 자신의 생명으로 도박을 걸지 않을 터였다.

그래서 정부에서 자유를 통제하는 법령을 시행해도 어느 누구 하나 이에 대해 반발하지 않았다.

그만큼 몬스터는 사람들에게 큰 두려움의 대상이었다.

하지만 시간이 흐르고 몬스터에 대항할 수 있다는 걸 알게 되자, 야간 통행금지법에 대한 불만이 터져 나왔다.

몬스터가 완전히 박멸된 것이 아님에도 불구하고 말이다.

몬스터 레이드 영상을 오락 프로그램을 시청하듯 하는 상황이니, 충분히 착각할 수도 있었다.

하지만 이는 정부가 국민들의 분안감을 해소하기 위해 헌터들의 활약을 과대 포장한 것이었다.

그걸 빤히 아는 정부는 야간 통행금지법을 없앨 이유가 없었고, 사람들은 법을 피해 유흥을 즐길 수밖에 없었다.

간판 불이 꺼진 강남의 술집.

특실에서 마주 앉은 두 명의 장년이 주거니 받거니 하며 술을 마시고 있었다.

"마셔!"

최현식은 자신의 부탁을 들어준 김태원 팀장에게 술을 따라주었다.

"감사합니다, 상무님."

"아니야. 말없이 내 부탁을 들어줘 고마워, 김 팀장."

이들이 마시는 술은 몬스터 때문에 해상 교역로가 막히면서 값이 천정부지로 올라간 양주였다.

한 병에 천만 원이 넘는 아주 비싼 술이지만, 두 사람에게 술값은 고려할 대상이 아니었다.

"상무님 덕에 진척이 없던 연구가 다시 성과를 낼 수 있게 됐습니다."

김 팀장은 맞은편에 앉은 최현식의 비위를 맞추려는 듯

연신 비굴한 미소를 지으며 굽실거렸다.

"오, 그래? 뭐 좋은 결과라도 나왔나?"

"실험체의 상태가 좋아 많은 데이터를 뽑고 있습니다."

"그거 잘된 일이군."

최현식은 기분이 좋은 듯 짙은 미소를 지었다.

연구소 쪽에 라인을 하나 만든 것만으로 충분하다고 생각했는데, 실험 결과까지 좋다면 이번 일은 일석이조의 효과를 거둔 셈이었다.

그 결과를 남들에게 알릴 수 없다는 게 흠일 뿐이었다.

"정말 감사합니다, 최 상무님."

김 팀장은 다시 한 번 고개를 숙여 인사했다.

김태원은 성신제약 내에서 비밀 프로젝트의 팀장을 맡으며, 차기 연구소장 자리에 내정됐다는 소문을 들을 정도로 출세 가도를 달리던 인물이었다.

하지만 프로젝트의 실패로 애매한 위치에 서게 됐다.

그도 그럴 것이, 성신제약에서 연구소로 들어가는 예산 중 70%를 투입한 프로젝트의 성과가 보잘 것 없기 때문이었다.

겨우 모습을 카피하는 정도에 그친 연구로는 그 어느 곳에서도 쓰지 않는다.

김태원은 시간이 지날수록 권고 퇴사를 당하지는 않을까 노심초사했다.

그러던 찰나, 최현식의 연락을 받았다.

김태원으로서는 최현식의 전화가 구명줄이나 마찬가지였다.

그래서 최현식의 부탁이 불법임을 알면서도 제안을 받아들였다.

우웅, 우웅—

한참 분위기가 좋았는데, 갑자기 휴대폰이 떨렸다.

중요한 자리였기에 매너 모드로 해놓았지만, 진동이 너무 강해서 김태원은 물론이고, 최현식까지 전화가 온 걸 알 수 있었다.

김태원은 술이 확 깨버렸다.

"뭔가?"

최현식의 물음에 김태원은 부랴부랴 벗어놓은 자신의 양복 상의에서 휴대폰을 꺼내 들었다.

액정을 확인하니, 전화를 건 사람은 연구소의 막내인 안수정 연구원이었다.

"상무님, 연구소에서 온 연락이라 잠시 실례하겠습니다."

"무슨 일인데 그러나?"

한참 분위기 좋았는데, 느닷없이 울린 전화 한 통에 분위기가 싸해졌다.

김태원은 전화가 걸려온 이유를 몰라, 이러지도 못하고 저러지도 못하고 전전긍긍했다.

그러자 혀끝을 찬 최현식이 버럭 소리를 질렀다.

"어서 받아!"

"네, 감사합니다."

김태원은 얼른 통화 버튼을 누르고 특실의 한쪽 구석으로 향했다.

"이 시간에 무슨 일이야?"

[팀장님, 어서 와보셔야 할 것 같아요.]

전화기 너머로 안수정의 다급한 목소리가 들렸다.

한참 동안 그녀의 설명을 듣던 김태원의 눈빛이 반짝였다.

"알겠어. 곧 갈 테니까, 잘 지켜보고 모두 기록해 둬."

통화를 마친 김태원은 굳은 표정으로 최현식에게 자초지종을 설명했다.

"정재식에게 문제가 생긴 것 같습니다."

"응?"

최현식은 김태원의 말에 속으로 미소를 지었지만, 겉으로는 이를 드러내지는 않았다.

"아무래도 바로 가봐야 할 것 같습니다."

"아, 그런가? 아쉽구먼. 그래도 연구소에 일이 생겼다는데 더 붙잡으면 안 되겠지. 조심해서 가고, 남은 이야기는 나중에 다시 하자고."

"감사합니다. 그럼 나중에 다시 뵙겠습니다."

김태원은 최현식의 승낙을 떨어지기 무섭게 자리에서 일어나 밖으로 나갔다.

급히 술집을 나온 김태식은 아차 싶었다.

"아!"

아직 통행금지 시간이 끝나지 않았기 때문이다.

김태식은 핸드폰 액정을 꺼내 얼른 시간을 확인했다.

다행이 야간 통행금지 시간이 끝날 때까지는 30분밖에 남지 않았다.

김태원은 연구실로 돌아와 자신의 사무실에 들어섰다.

"어떻게 됐어?"

밑도 끝도 없는 질문이지만, 김태원을 기다리던 이영모 연구원은 조용히 테블릿을 그에게 건넸다.

"음, 흠⋯⋯."

마지막으로 차트를 확인한 게 저녁에 연구실을 나서기 전이었다.

그때까지만 해도 실험체의 변화는 아주 미미했다.

그런데 지금 확인한 데이터는 실험체의 신체 변화를 극적으로 보여줬다.

상급 헌터의 힘으로도 풀 수 없는 구속구를 풀어내고 난동을 부린 영상을 직접 봐도 믿기 힘들었다.

헌터를 구속하기 위해 제작된 구속구는 아무리 힘이 대단한 헌터라도 순수한 근력만으로 절대 풀 수 없게 설계됐다.

그런데 촬영된 동영상에는 재식이 구속구를 풀고 자신을 누르는 보안 요원들과 실랑이를 벌이고 있었다.

"이때 X—레이 자료입니다."

이영모는 자신의 테블릿을 조작해 김태원이 들고 있는 테블릿으로 사진 한 장을 전송했다.

"어?"

김태원은 깜짝 놀라고 말았다.

테블릿 화면에 뜬 사진은 인간의 팔인데, 그 안에 뼈가 없었다.

"설마?"

"예. 아무래도 이건 MS 유전자의 영향이 아닌가 싶습니다."

이영모는 놀라는 김태원의 말을 받아 자신의 생각을 덧붙였다.

그런 이영모의 말에 김태원은 잠시 생각을 해보았다.

'설마 쓸모없다고 생각한 메탈 슬라임의 유전자에 이런 효과가 있을 줄이야……'

김태원은 슬라임의 유전자를 주입할 때, 연구소에 보관중인 슬라임 유전자 앰플 중에 메탈 슬라밍이 있기에 그냥 가져다 쓴 것에 불과했다.

보통 그린 슬라임과 메탈 슬라임의 유전자는 크게 다르지 않았기에 문제될 것도 없었다.

그린 슬라임을 사용하지 않아 나타날 수 있는 변수는 메탈 슬라임의 유전자에 섞인 철의 결정 구조뿐이었다.

그런데 의외의 효과를 보이고 있었다.

데이터 상으로 크게 바뀌진 않았지만, 기존 카피캣 유전자만 투약한 실험체들 보다 근력이 10% 정도 향상된 것으로 나타났다.

이건 보통 사람이 세 달 정도 트레이닝을 받았을 때 보이는 수치와 비슷한 정도지만, 김태원에게는 유의미한 수치였다.

"오늘은 조금 더 용량을 늘려본지."

메탈 슬라임의 유전자가 작용했기에 이런 변화가 일어난 것인지 알아볼 필요가 있었다.

어차피 실험체에게도 일주일간 나눠서 시술한다고 했으니, 의심을 받을 일도 없었다.

"체온이 40도까지 올랐습니다. 지금이야 정상 체온으로 돌아갔다지만, 좀 쉬었다 내일 하는 게 어떻겠습니까?"

이영모는 왠지 불안한 마음에 자신의 의견을 말했다.

하지만 김태원은 고개를 저었다.

자신의 연구가 실패하지 않았다고 증명할 수 있다는 걸 알게 된 김태원은 일분일초라도 허투루 쓰고 싶지 않았다.

"안정됐다며? 그럼 상관없지 않나. 계획대로 실행해."

김태원은 지시를 마치고 사무실을 나섰다.

그 뒷모습을 바라보는 이영모가 한숨을 푹 내쉬었다.

$$*\qquad *\qquad *$$

"으악!"

밤새 악몽에 시달리던 재식은 정신이 들자마자 자리에서 벌떡 일어났다.

"헉, 헉."

한참을 거친 숨을 몰아쉬던 재식은 서둘러 자신의 양팔을 확인했다.

팔이 멀쩡하게 붙어 있는 걸 확인한 재식은 이번에는 침대보에 가려진 다리를 확인했다.

재식은 꿈에서 팔과 다리가 흐물거리며 늘어나는 걸 목격했다.

꿈에서 자신의 몸은 용광로의 쇳물이 끓어오르듯 뜨겁게 타올랐다.

그렇게 한참을 뼈마디 하나 없이 연체동물마냥 흐물거리며 몸 안에서 전해지는 뜨거움 때문에 괴로워했다.

너무 생생해서 꿈이 아닌 것 같았지만, 재발 악몽에 그치길 바랐다.

재식은 다리에서 만져지는 뼈의 감촉에 안심한 듯 한숨을 푹 내쉬었다.

그러더니 손가락과 발가락을 꼼지락거리며 자신의 신체에 이상이 없음을 재차 확인했다.

"어휴, 꿈이었구나."

모든 것을 확인한 뒤 재식은 자신이 꿈을 꾸었다고 단정지었다.

"으아."

털썩!

안도감이 몰려들자 재식은 축 늘어졌다.

가만히 누워 있자, 갑자기 움직이느라 놀란 근육들이 욱신거렸다.

게다가 감각이 예민해졌는지, 심장이 박동하는 걸 느낄 수 있었다.

'유전자 변형 시술을 받으면 모두 이런 건가?'

자신의 예상과 다른 현상들이 나타나자, 재식은 고개를 갸웃거렸다.

'그나저나 왜 이렇게 몸에 힘이 들어가지 않는 것이지?'

재식은 잠에서 깨어났으니 이제 씻을 생각으로 침대에서 일어나려 했다.

하지만 급격한 피로감을 느끼며 그대로 잠이 들고 말았다.

똑똑똑.

재식이 잠든 지 5분 정도 흘렀을까.

노크 소리가 들리고, 문이 열렸다.

재식의 허락도 없이 문을 열고 들어온 건 안수정이었다.

그녀는 잠이 든 재식의 얼굴을 한 번 일별하더니 침대 옆에 놓인 기기로 걸어갔다.

그것은 밤새 재식의 신체 변화를 기록하기 위한 장치였다.

안수정을 테블릿을 장비와 연동시켜 밤새 모인 데이터를 확인했다.

'응?'

데이터를 확인하던 안수정이 고개를 갸웃거렸다.

새벽에 재식의 신체 정보와 지금 보는 정보가 달랐다.

"이게 어떻게 된 일이지?"

그녀는 장비가 잘못된 건 아닌지, 여러 번 점검했다.

하지만 기기는 자신이 보여주는 데이터에 오류가 없다는 문구만 출력할 뿐이었다.

"아, 정말 어떻게 된 거야?"

약간의 오차라면 그럴 수 있다고 넘어가겠지만, 이렇게 확연하게 차이가 난다면 그 원인을 알아야만 한다.

하지만 불과 몇 시간만에 이렇게나 다른 데이터를 쏟아내고 있다는 건 자신들이 무언가 조치를 잘못 취했거나, 기기를 잘못 조작해 데이터를 훼손했다는 말밖에 되지 않았다.

고의든 과실이든 데이터를 훼손한 게 맞다면, 가장 약한 처벌이 감봉이고 잘못하면 이쪽 업계에서 매장당할 수도 있는 일이었다.

성신제약 연구소가 세계 최고의 연구소는 아니지만, 그래도 대한민국 내에서는 손에 꼽히는 의학 연구소다.

연구 소장이나 이번 프로젝트의 책임자인 김태원 팀장도 국내에선 알아주는 박사이다.

'안 되겠다. 어서 가서 알려야지.'

괜히 시간을 두었다가 뒤늦게 알려지면 수습도 어려워질 터였다.

안수정은 급히 이 사실을 알리기 위해 김태원의 사무실로 뛰어갔다.

*　　　*　　　*

재식이 잠들어 있는 사이, 그의 침대는 수많은 측정 기기들이 놓여 있는 실험실로 옮겨졌다.

"바이털 체크!"

김태원의 지시에 연구원들은 일사분란하게 움직였다.

잠이든 재식의 상의를 벗기고 전극을 붙였다.

머리는 물론이고, 몸 여기저기에도 수십 개의 전극이 붙었다.

재식의 몸에 수십 개의 전극이 붙어 신체 신호를 보내자, 기기들에서 비프 음이 흘러나왔다.

"혈액 샘플 채취해."

김태원은 혈액 검사를 지시하고, 실험체의 데이터를 유심히 살폈다.

"하, 이거 맞는 게 하나도 없잖아!"

김태원은 인상을 찌푸리며 소리를 질렀다.

새벽에 본 데이터에는 재식이 간신히 중급 헌터의 신체 능력을 보유한 것으로 나타났다.

그런데 지금 보이는 데이터에는 하급도 아니고, 보통 재식 나이 또래의 남성이 보유한 에너지 반응보다 낮았다.

실험체는 일반 헌터로 활동하며 몬스터의 에너지를 몸에 축적했을 것이다.

25레벨이라고 했으니, 못해도 하급 헌터 수준은 돼야 맞았다.

그런데 일반인 수준으로 떨어졌으니, 누가 봐도 이건 실패한 결과에 지나지 않았다.

몸속에서 에너지가 감소한 원인을 밝혀내면 작은 성과라도 얻을 수 있겠지만, 지금 목표로 하는 건 몬스터 유전자를 인간의 DNA에 결합시키는 것이었다.

김태식은 머리를 쥐어뜯으며 고민했다.

어렵게 재개한 실험인데 아무 성과도 없다면, 실직자가

되는 건 순식간일 터였다.

아무리 새로운 동아줄을 잡았다고 하지만, 안심할 수는 없었다.

한참을 생각한 끝에, 김태식은 데이터를 조작하기로 마음먹었다.

김태원은 굳은 표정으로 자리를 박차고 일어났다.

"M—페타민 가져와!"

"네? 팀장님, 그건……."

김태원의 지시를 받은 연구원은 무척 당황한 표정을 지어 보이며, 발을 떼지 못했다.

M—페타민은 강력한 항정신성 물질로, 몬스터나 거대 맹수에게 사용할 목적으로 당국의 허가를 받아 소량 제조한 약품이었다.

즉, 몬스터용 마약이란 소리였다.

"뭐 하고 있어? M—페타민 가져오라고!"

김태원은 연구원을 다그쳤다.

"정말로 가져옵니까?"

연구원은 조심스럽게 되물었다.

"쓰읍!"

살벌한 김태원의 기세에 연구원은 서둘러 약물 보관소로 걸음을 옮겼다.

더 이상 있다가는 날벼락이 떨어질 것 같았기 때문이다.

'인체 실험을 시작한 이상 더 거리낄 것도 없어.'

김태원은 이를 바드득 갈았다.

"여기 가져왔습니다."

조금 전 그의 지시를 받아 M―페타민을 가지러 간 연구원이 다시 돌아왔다.

그의 손에는 특수 제작된 케이스가 들려 있었는데, 그 안에는 주사기와 작은 약병이 들어 있는 게 보였다.

연구원의 손에 들린 케이스를 낚아챈 김태원은 그것을 수술 준비대에 올려놓았다.

그러고 나서 양손에 수술용 장갑을 끼더니 케이스를 열어 주사기와 M―페타민 약병을 꺼냈다.

주사기로 M―페타민을 뽑아낸 김태원은 망설임 없이 재식에게 약물을 주입했다.

김태원은 주사를 놓은 뒤, 주사기를 준비대에 위로 던졌다.

"헉!"

"팀장님!"

그걸 지켜보던 연구원들이 너 나 할 것 없이 눈을 동그랗게 떴다.

그도 그럴 것이, 방금 전 김태원은 3등급 몬스터도 잠재울 수 있는 M―페타민 20㎖ 모두 투약했기 때문이다.

3미터가 넘는 3등급 몬스터도 몇 초면 잠들게 할 수 있는데, 겨우 1.8미터 정도의 인간에게 사용했으니 기겁한 것이었다.

자칫 잘못하면 실험체가 영원히 잠에서 깨어날 수 없을지도 모를 일이었다.

하지만 김태원은 다른 연구원들이 놀라거나 말거나 상관하지 않고, 그래프만 뚫어져라 바라봤다.

6. 폭주

성신 길드의 대회의실.

한데 모인 성신 길드의 간부들은 헌터 팀의 팀장과 부팀장들을 모아 간부 회의를 진행하는 중이었다.

"그럼 3일 뒤에 와일드 울프 팀의 레이드는 지원 1팀에서 보조를 하는 것으로 하고."

몬스터 레이드라는 게 단순히 몬스터에게 달려들어 때려잡으면 되는 일이 아니었다.

어떻게 해서든 최소한의 피해로 목적을 이루는 게 중요했다.

그러기 위해선 많은 사람들이 머리를 맞댈 필요가 있었다.

어떻게 방식을 몬스터를 상대할 것인지, 전투에 필요한 물품들은 뭐가 있을지 등 고려할 것들은 얼마든지 많았다.

"총무부는 이번 레이드에 들어갈 예산 책정하고, 우리가 얻을 수 있는 수익을 다시 한 번 계산해 보라고. 자재부는 레이드에 필요한 물품에 대한 물량이 완벽하게 확보되었는지 꼼꼼하게 채크해."

"알겠습니다."

"네, 알겠습니다."

백강현은 하나하나 직접 지시를 내리며 와일드 울프 팀의 레이드 준비에 총력을 기울였다.

와일드 울프 팀의 레이드에 대한 안건이 끝나자, 백강현은 헌터 교육부 부장을 바라봤다.

"교육부장, 이번에 계약한 정재식 헌터는 훈련을 잘하고 있습니까? 보고가 올라올 때가 된 것 같은데, 아무 소식도 듣지 못했군요."

질문을 받은 교육부장은 고개를 갸웃거렸다.

그러자 백강현은 그가 성신 길드의 장이 일개 헌터에게 신경 쓴다는 게 이상한 일이라 생각하는 것이라 추측했다.

하지만 딸인 백장미의 추천도 있었고, 헌터 지부에 알아보니 헌터의 자질도 나쁘지 않다고 판단됐다.

그 때문에 직접 만나 계약까지 진행했다.

게다가 시술 결과에 따라 팀 비스트의 멤버로 배정할 계획이니, 관심을 두는 건 당연한 일이었다.

"정재식 헌터요? 그게 누굽니까?"

헌터 교육부장인 문세윤은 아무리 생각해도 그 이름을 들은 적이 없었다.

"무슨 소리를 하는 겁니까? 열흘 전 계약한 헌터가 있을 텐데!"

길드 소속 헌터의 행방을 모르는 간부가 있다는 사실에 놀란 백강현이 호통을 쳤다.

하지만 문세윤은 자신이 맡고 있는 헌터 중 정재식이란 헌터는 없었다.

그리고 그는 4개월 전 지원팀에 결원이 발생해 훈련생 중 세 명을 보낸 뒤로 인원을 다시 받은 적이 없었다.

부족한 인원 때문에 인사부에 충원 요청을 한 상태였는데, 헌터 한 명을 인계 받았을 거라는 말에 황당할 뿐이었다.

"저희 부서는 네 달째 훈련생을 받은 적이 없습니다."

"인사부장, 지금 일이 어떻게 돌아가는 거야?"

백강현의 다음 먹잇감은 인사부장이었다.

인사부장의 얼굴은 흑빛으로 물들었다.

한참 동안 대답을 망설이던 그는 조심스럽게 말문을 열었다.

"따로 보고하도록 하겠습니다."

성신 길드 길드장의 집무실.

백강현은 인상을 잔뜩 구기고, 양발을 꼬아 책상 위에 올려둔 채 앉아 있었다.

따닥, 따닥.

그 상태로 의자의 팔걸이를 두드리던 백강현은 자세를 바로 하고 앉았다.

"그걸 지금 말이라고 하는 건 아니겠지?"

백강현은 매서운 눈초리로 보고를 마친 인사부장을 잡아먹을 듯 바라봤다.

"상부의 지시라……."

"허, 상부?"

백강현은 너무 황당한 나대현 인사부장의 보고에 어처구니가 없었다.

대한민국의 3대 S급 헌터 중 한 명인 자신이 길드장으로 있는 길드 내에서 믿을 수 없는 일이 벌어지고 있었다.

"길드에 가입한 헌터를 생체 실험에 사용했다고?"

그것도 자신에게 보고도 없이 시행됐다고 한다.

백강현은 기가 막힌 모양인지, 헛웃음을 터트렸다.

"누구야?"

백강현의 음성은 싸늘하게 가라앉았다.

그것만 봐도 그가 얼마나 화가 났는지 알 수 있었다.

"그게……."

나대현은 쉽게 말을 잇지 못했다.

"나 부장, 똑바로 보고하세요. 지금 내가 장난하는 걸로 보입니까?"

"헙!"

S급 헌터가 기세를 뿜어내자 이를 정면으로 마주한 나대현은 숨이 턱 막혔다.

마치 포식자 앞에 놓인 피식자 마냥 아무것도 생각할 수 없었고, 몸이 마비된 듯 굳어버렸다.

"우욱!"

찰나의 시간이 영겁처럼 느껴졌고, 시간이 갈수록 심장을 조여 오는 통증에 정신을 차리기가 힘들었다.

급기야 나대현은 속이 뒤집어지며 헛구역질을 해 댔다.

그는 필사적으로 토사물이 식도로 역류하는 걸 막았다.

하지만 그건 의지가 있다고 참을 수 있는 성질의 것은 아니었다.

"우욱!"

나대현이 곧 토악질을 하려 하자 백강현이 기세를 누그러뜨렸다.

"헉, 헉!"

전신을 억누르던 기운이 사라지자, 나대현은 무릎을 꿇고 엎드려 숨을 헐떡였다.

"마지막으로 묻지. 누구냐."

백강현은 차가운 눈빛으로 나대현을 내려다봤다.

"최현식 상무입니다."

"최현식 상무? 최 상무가 왜?"

나대현의 입에서 뜻밖의 이름이 나오자 백강현은 혼란스러웠다.

그가 무엇을 노리고 정재식을 실험체로 만들었는지 이해할 수가 없었다.

"그런데 말이야… 자네의 상사가 최현식 상무인가?"

"네?"

비록 성신 길드의 모체가 성신제약이라 하더라도, 둘은 엄연히 다른 회사였다.

"나도 모르는 일을 최 상무의 지시로 진행했다고?"

나대현은 저도 모르게 마른침을 꿀꺽 삼켰다.

그는 바닥에 납작 엎드려 바들바들 몸을 떨었다.

"자네 일은 우선 정재식 헌터의 상태를 확인한 뒤에 논의하지."

백강현은 의자에서 몸을 일으켰다.

그러더니 곧장 집무실을 나섰다.

*　　　*　　　*

성신 제약 연구소 내 특별 구역의 실험실.

통제된 그 공간은 현재 난장판으로 바뀌었다.

와장창!

쿵, 쿵!

"으아악!"

"어서 막아!"

"사람 살려!"

온몸에 전극을 매단 남자가 실험실 내 갖가지 기기들을 부쉈고, 그를 막기 위해 출동한 보안 요원들이 멀리 나가 떨어져 바닥을 굴렀다.

보안 요원들은 재식을 막기 위해 허리에 찬 진압봉을 사용해 봤지만, 오히려 그의 화를 돋울 뿐이었다.

"팀장님, 이대로는 안 될 것 같습니다. 성신 길드에 연락해 헌터를 불러오는 게……."

보다 못한 한 연구원이 급히 김태원 팀장에게 다가가 말을 건넸다.

하지만 김태원 팀장은 입술을 잘근잘근 씹으며 가만히 상황을 지켜볼 뿐이었다.

"팀장님!"

연구원들이 김태원 팀장의 주위로 몰려들었다.

"다들 지금 우리가 한 짓이 뭔지 몰라서 그런 말을 꺼내는 거야?"

자신을 붙잡고 헌터를 불러오자 말하는 이영모 등의 말에 김태원은 고함을 지르며 거부했다

"이번 일이 외부에 알려지면 우린 다 징역살이야."

'너희는 지시를 받았다고 도망갈 구멍이라도 있지만, 나는⋯⋯.'

김태원은 이미 돌아올 수 없는 강을 건넜다는 걸 잘 알고 있었다.

'내가 미쳤지.'

그제야 후회해 보지만 이미 늦은 뒤였다.

하지만 김태원은 끝내 현실을 부정하고 말았다.

'아니, 난 인류의 안녕을 위해 남들보다 한 발 앞서 연구를 진행한 것뿐이야. 분명 성과도 있다고!'

김태원은 이성을 잃고 난동을 부리는 재식을 번들거리는 눈동자로 바라보며 미소를 지었다.

두 번에 걸친 유전자 변형 시술 때문인지, 투여한 M—페타민 때문인지 알 수는 없지만 일반 헌터인 재식은 중급 헌터 수준의 힘을 발휘하고 있었다.

하지만 그건 김태원의 현실 도피에 불과했다.

재식이 날뛸 수 있는 건 몬스터용 약물을 주입받아 흥분했기에 벌어진 일이었다.

펑!

그때, 재식이 집어 던진 의료 기기가 폭발하며 불꽃을 토

해냈다.

그러자 사방으로 튄 불똥이 바닥에 흩뿌려진 종이 위로 떨어지며 불이 나고 말았다.

쏴아!

종이가 타들어 가자 연기가 천장에 고였고, 이를 감지한 스프링클러가 작동하며 물줄기를 쏟아냈다.

"더 이상 막는 건 불가능해, 어서 빠져나가!"

"도망쳐!"

김태원은 점점 상황이 악화되는 걸 지켜봤지만, 자신만의 세계에 갇혀 아무 지시도 내리지 않았다.

그러자 이영모 연구원이 독단적으로 비상벨을 울렸다.

그건 성신 길드에 도움을 요청하는 버튼이었다.

이제 곧 성신제약 연구소에 위급 상황이 발생했다는 걸 안 성신 길드의 헌터들이 도착할 것이다.

"뭐 하는 짓이야?"

김태원은 자신의 지시도 없이 행동한 이영모에게 따지고 들었다.

"그건 제가 팀장님께 묻고 싶습니다. 지금 뭐 하는 짓입니까?"

"뭐? 너 정신 나갔어?"

김태원은 이영모에게 빠르게 접근해 그의 멱살을 움켜쥐었다.

"정신 나간 건 팀장님 아닙니까? 보십시오. 이대로 뒀다 간 보안 요원은 물론이고, 저희까지 위험합니다."

이영모는 멱살이 잡힌 채 재식이 난동을 부리는 실험실을 손가락으로 가리켰다.

그곳엔 보안 요원의 다리를 집어 벽으로 던진 후 괴성을 내지르는 재식이 서 있었다.

"이익… 조용히 덮을 수 있는 일을 크게 만들고 한다는 말이 고작 목숨이 아깝다는 거야?"

"그만하시죠, 팀장님. 팀원들이 보고 있습니다."

"하, 멍청한 놈. 팀장이고, 팀원이고 팀이라는 게 있어야 존재할 수 있는 거야!"

김태원은 이영모를 바닥에 내팽개쳤다.

"이 일로 잘못되면 너부터 가만 두지 않을 거다."

김태원은 이를 갈며 이영모를 협박했다.

"다 끝난 얘기 아닙니까?"

"아직 안 끝났어."

김태원은 이영모에게 등을 돌리더니, 황급히 연구실을 나섰다.

그러자 다른 연구원들이 이영모에게 모여들었다.

"저희 괜찮을까요?"

안수정 연구원은 이영모가 일어서기 쉽게 부축하며 질문을 던졌다.

그러자 이영모는 깊은 한숨을 내쉬었다.

"너는 저걸 보고도 괜찮을 거라고 생각하냐?"

이영모는 턱짓으로 실험실을 가리켰다.

안수정은 실험실을 향해 고개를 돌려 보안 요원들을 모조리 때려눕힌 뒤, 실험실 벽을 두들기는 재식을 바라봤다.

"그럼 어떻게 될까요? 당연히 짤리겠죠?"

"직장은 다시 구하면 그만이야. 그보다는 불법적인 실험에 참여했다는 굴레를 벗기 힘들 거다."

이영모의 친절한 설명에 안수정이 죽을상을 지어 보였다.

그때, 이영모는 연구소 복도를 따라 급하게 달려오는 듯한 발자국 소리를 들었다.

"무슨 일입니까?"

잠시 후, 발자국 소리의 주인이 모습을 드러냈다.

성신 길드 지원 3팀 소속 중급 헌터인 안병진은 가장 가까이 서 있는 이에게 설명을 요구했다.

그의 질문을 받은 건 박한구 연구원이었다.

박한구는 몬스터 프로젝트 팀의 일원으로 안수정보다 조금 일찍 팀에 합류한 연구원이었다.

이영모 연구원은 박한구가 엉뚱한 말을 내뱉기 전에 먼저 답변을 꺼냈다.

"실험 중 부작용으로 실험체가 난동을 부렸습니다."

"실험이요? 저희는 연구소에서 실험이 진행된다는 통보를 받은 적이 없습니다. 정말 실험으로 인한 부작용이 맞습니까?"

안병진 헌터는 인상을 잔뜩 찌푸렸다.

원래 몬스터 연구동은 실험을 하기 전에 성신 길드에 연락을 취해야 한다.

그래야 혹시 모를 비상사태를 대비해 알맞은 수의 헌터를 대기시킬 수 있기 때문이다.

혹시라고 연구소의 스케줄과 길드의 레이드 일정이 맞물리면, 최악의 사태가 발생할 수도 있기 때문이었다.

"그게 무슨 말입니까? 저희 팀장님이 길드에 연락을 하지 않았다는 겁니까?"

"네… 저희는 통보받지 못했습니다."

순간, 너무 놀라 다리에 힘이 풀린 이영모가 휘청거렸다.

"아니, 어떻게… 실험을 시작한 지 일주일이 지났는데, 어떻게……."

이영모는 큰 충격을 받아 정신이 나갔는지, 혼자 중얼거렸다.

시작부터 끝까지 뭐 하나 정상적인 게 없었다.

물론, 처음부터 미심쩍기는 했다.

그동안 중단한 실험을 다시 재개하라는 명령이 떨어졌다

는 것도 폐쇄한 실험실을 개방하고 유전자 변형 시술을 진행하는데 참관자가 없다는 것도 이상했다.

하지만 김태원의 그럴듯한 말만 믿고 실험을 진행했다.

그런데 그 모든 것들이 거짓말이었다.

'아!'

이영모는 그제야 깨달았다.

김태원 팀장이 무엇 때문에 그렇게 쫓기듯 급하게 실험을 감행했는지.

최근 부쩍 실적에 목매던 김태원 팀장이었다.

그런 그에게 은밀히 접근한 누군가가 연구를 재개하라는 지시를 내린 것이다.

김태원 팀장은 그와 손을 잡고 흔들리는 입지를 단단히 하려던 심산이 분명했다.

아마 김태원 팀장에게 손을 내민 이는 성신제약의 고위층일 게 뻔했다.

그러니 도망치며 두고 보자는 말을 꺼낸 것이리라.

뒤늦게 사건의 전말을 깨달은 이영모는 고개를 푹 숙였다.

*　　　*　　　*

피골이 상접한 퀭한 얼굴의 남자가 억압복을 입은 채 침대에 묶여 있었다.

그는 환자용 침대 하나와 바이털사인을 체크하는 기기를 올려둔 선반이 겨우 들어갈 뿐인 작은 방에 갇혀 있었다.

이곳이 정신병원이라면 환자의 자해를 막기 위해서 억압복을 입혀뒀겠지만, 이곳은 정신병원이나 요양 병원으로 보이지는 않았다.

그런 병원들 중 한 곳이라면 환자의 상태를 살피는 의사가 전신을 뒤덮는 방독복을 입지는 않았을 것이다.

"상태는 어떤가. 깨어날 수 있겠나?"

의사의 행동을 유심히 살피던 백강현이 창틀에 설치된 버튼을 누른 채 질문을 던졌다.

좁은 방 안에 설치된 스피커로 그의 목소리가 전달됐다.

의사는 창밖에 서 있는 그와 시선을 한 번 마주치더니 고개를 저었다.

그러고 나서 문틀 옆에 설치된 인터폰의 버튼을 눌렀다.

"바이털은 안정됐습니다. 하지만 이대로 의식을 찾지 못할 수도 있습니다."

"이유가 뭔가?"

"연구원들의 증언대로 혈액 검사에서 M—페타민이 검출됐습니다. 치사량을 훨씬 넘는 용량을 투여했다더니, 혈액에 잔여된 양만으로 일반인을 두 번은 더 죽일 수 있는 수준입니다."

의사가 가망이 없다는 듯 고개를 절레절레 저었다.

"뭔가 수를 써봐!"

화를 참지 못한 백강현이 강화유리로 된 창문을 내리쳤다.

"저도 환자만 건강하다면, 이런저런 치료를 시도해 보겠습니다만……."

의사는 힐끗 고개를 돌려 침대 위에 누워 있는 재식을 돌아봤다.

"환자의 상태가 워낙 좋지 못해서 영양제와 중화제를 처방하는 게 고작입니다."

"쯧, 알겠네. 혹시 차도가 보이면 즉시 보고하게."

백강현은 버튼을 누르던 손을 신경질적으로 뗐다.

"후우, 도대체 길드의 헌터들을 뭐라 생각하는 건지……."

그는 답답한 마음에 혼잣말을 중얼거렸다.

백강현은 재식이 실험체가 되었다는 사실을 알고 급하게 성신제약을 찾았다.

하지만 그가 도착한 건 재식이 난동을 부리다 안병진에게 제압된 뒤였다.

게다가 안병진은 백강현이 상황을 파악하기도 전에 이미

실험에 대한 사전 통보를 받지 못한 것에 대해 성신제약에 이의를 표명했다.

그 과정에서 성신 길드 내에 최근에 가입한 헌터가 실험체로 사용됐다는 소문이 빠르게 퍼져 나갔다.

그 소식을 뒤늦게 접한 백강현은 손에 쥐고 있던 핸드폰을 와락 움켜쥐며 부숴 버렸다.

길드 소속 헌터들이 사건의 전말까지 알지 못하겠지만, 이번 일로 성신제약에 대한 불신이 헌터들 마음속에 싹 텃을 것이다.

만약 진상 규명이 제대로 되지 않으면 성신 길드는 성신제약의 아래서 독립해야 할 상황으로 이어질 수도 있었다.

그것뿐이라면 다행이겠지만, 자칫 잘못하면 성신 길드와 성신제약은 존폐의 위기에 놓일지도 모를 일이었다.

백강현은 서둘러 아버지를 찾았다.

안 그래도 최현식 상무를 눈에 가시처럼 여기던 중이었다.

하지만 최현식 상무는 빌미에 불과했다.

정작 중요한 건 이런 일이 벌어지는데 성신 길드의 수장인 자신이 모르고 있었다는 점이었다.

헌터 길드를 운영하는 건 하나의 사업이었다.

그 과정에서 인류의 적인 몬스터를 사냥함으로써 인류의

생존을 보장하는 것뿐이었다.

영화 속 슈퍼 히어로처럼 몬스터로부터 인류를 구원하겠다는 생각은 애초에 들어 있지 않다.

'감히 날 무시하고도 무사할 거라 생각해?'

백강현이 이를 바득바득 갈았다.

성신 길드가 성신제약의 지원으로 사세를 확장한 건 사실이었다.

하지만 그건 이미 오래전의 일이었다.

지금은 성신 길드의 규모가 커지면서 수직적인 관계에서 탈피해 수평적인 관계로 바뀌는 과도기였다.

그걸 빤히 알고 있을 텐데, 최현식은 자신 몰래 길드의 헌터를 빼돌려 인체 실험을 감행했다.

'나의 성신 길드다, 성신제약의 상무 따위가 감히 나를 건드려?'

성신 길드와 관련된 일은 무조건 자신의 손을 거쳐야 한다는 게 백강현의 지론이었다.

하지만 아버지인 백장식의 생각은 달랐다.

백장식은 이번 일을 조용히 덮으라는 지시를 내렸다.

백강현은 아버지의 앞이라는 것도 잊고 화를 내며 소리를 버럭 질렀지만, 백장식은 살포시 미간을 좁히며 가만히 고개를 저었다.

그건 백강현의 자존심에 금이 가는 일이었다.

백강현은 아버지에게 헌터 길드는 기울어지는 성신제약의 버팀목에 불과했다는 걸 알 수 있었다.

헌터 길드를 자신에게 맡긴 건 주변의 변화 때문이지, 시대의 흐름을 읽은 게 아니었다는 뜻이었다.

백장식은 여전히 헌터를 무식하고 힘만 센 무식쟁이들이라 여기는 것이리라.

그건 재식의 일만 봐도 알 수 있었다.

백강현이 주먹을 꽉 움켜쥐었다.

백강현은 언젠가는 이런 일이 발생하리라는 걸 예상하고 있었다.

그게 생각보다 빨랐을 뿐이다.

그동안 제약과 길드가 서로 협력하는 모습을 가장하며 큰 탈 없이 지낸 것도 기적에 가까운 일이었다.

'방아쇠를 먼저 당긴 건 아버지입니다. 아직은 때가 아니라 굽히고 있을 뿐이라는 걸 언제고 증명해 드리겠습니다.'

그때, 백강현은 격리실을 향해 다급히 뛰어오는 발소리를 들을 수 있었다.

발소리의 간격이 크고 날렵한데, 숨을 헐떡이는 기색이 없었다.

아니나 다를까, 복도가 꺾이는 부분에서 딸인 백장미가 모습을 드러냈다.

"아빠!"

"이 녀석아, 천천히 와도 된다니까."

"이게 어떻게 된 거야? 정재식은 어떻게 됐어?"

순식간에 백강현의 앞에 선 백장미가 질문을 던져 댔다.

그러자 백강현은 손가락으로 창 너머를 가리켰다.

백장미는 방을 나서기 전에 마지막으로 재식의 바이털을 체크하는 의사의 모습을 볼 수 있었다.

그러자 백장미는 유리창에 바짝 붙어 재식의 상태를 확인했다.

그리고 나서 인상을 팍 찌푸렸다.

"나을 수는 있는 거야?"

재식에게서 시선을 떼지 않은 백장미가 질문했다.

"아직은 그 어떤 것도 장담할 수 없다."

"치료 능력을 각성한 헌터에게 부탁해도 힘든 거야?"

"오히려 그를 더 위험하게 만들 수 있다고 하더구나."

그 점은 백강현도 이미 의사에게 질문해 답변을 들었다.

의사는 웬만큼 큰 부상도 치료하는 뛰어난 헌터라도 재식의 의식을 차리게 만들 수는 없다고 충고했다.

힐러의 능력은 사실 환자의 생명 에너지를 끌어와 강제로 활성화시키는 것이었다.

그렇기에 즉각적인 효과는 훌륭하지만, 치료를 받은 대상은 한동안 무기력증에 시달리는 경우가 허다했다.

그런데 재식은 과도한 에너지를 소모하며 지방은 물론이고, 근육을 형성하는 단백질마저 불태운 상태였다.

쉽게 설명하면 지금 재식의 상태는 연료를 모두 소모한 낡은 트럭과 같았다.

강제로 시동을 걸려고 무리하면 엔진이 버티지 못하고 폭발할 수도 있는 상태나 마찬가지였다.

만약 재식이 유전자 변형 시술을 받을 수 있을 정도로 단련한 헌터가 아니었다면 진즉 목숨을 잃었을 것이다.

백강현의 말에 백장미는 몹시 씁쓸한 표정을 지어 보였다.

흥미가 생긴 남자였는데, 이렇게 나락으로 떨어진 모습이 안타깝게 느껴졌다.

'애초에 이성적으로 끌린 건 아니니까…….'

백장미는 드라마나 소설에 나오는 재벌과 서민의 아름다운 로맨스는 믿지 않았다.

하지만 그건 그녀의 착각일지도 모를 일이었다.

그녀는 재식을 바라보며 가슴 한구석의 빈 공간을 채우는 따스함을 느꼈다.

물론, 재식의 재능을 발견해 관심이 생긴 건 맞지만, 그것만으로 재식에게 향하는 그녀의 관심을 설명하기에는 부족했다.

"그런데 이번 일은 어떻게 처리되는 거예요?"

가만히 재식을 살피던 백장미가 고개를 돌려 백강현을 마주봤다.

"음, 그게 말이다……."

백강현은 이 일을 어떻게 설명해야 좋을지 난감했다.

그의 곤란해 하는 표정을 읽은 백장미의 눈매가 좁혀졌다.

백장미는 자신의 장난감을 망쳐 놓은 이유가 보잘 것 없는 이유라는 걸 금세 알아차릴 수 있었다.

그녀는 괜스레 재식에게 미안했다.

자신이 길드에 추천하지 않았다면, 재식은 지금쯤 자신의 계획에 따라 천천히 돈을 모으는 중일 것이다.

그러다 시간이 지나서 유전자 변형 시술을 받고 중급 헌터가 됐을 터였다.

아니, 그런 가정은 이제 아무 의미가 없었다.

백장미도 죄스러운 마음을 떨쳐 냈다.

이미 일이 벌어졌는데, 만약의 경우를 생각하는 건 부질없는 짓이었다.

재식의 상태는 누가 봐도 재기할 수 없을 정도의 폐인이었다.

"바른대로 말씀해 주세요."

백장미는 문득 잘된 일이라 생각했다.

누군가 악의적으로 자신의 것을 망쳐 놓은 적이 없었는데, 이번 일로 앞으로 어떻게 행동하면 좋을지 판단할 수 있기 때문이었다.

재차 질문을 던지는 백장미의 냉정한 표정에 백강현은 사실대로 이야기하는 게 좋겠다는 판단을 내렸다.

어쩌면 자신의 자리를 물려받을지도 모르는 백장미인데, 이참에 어떤 식으로 행동할지 확인해 두는 것도 나쁘지 않았다.

"네게 어떻게 들릴지는 모르겠다만, 이번 일은 덮기로 했다."

"문제 삼지 않겠다는 말인가요? 정말 그래도 되겠어요?"

백장미는 길드 내에 이미 소문이 쫙 퍼진 상태인데, 쉬쉬한다고 해결될 문제는 아니라고 생각했다.

그도 그럴 것이, 재식은 이제 막 길드에 가입한 헌터라고 하지만, 자신들이라고 재식이 당한 일을 겪지 않는다는 보장은 없었다.

"어쩔 수 없는 선택이었다. 이 일이 외부에 알려지면 성신제약은 물론이고, 성신 길드까지 타격이 미칠 수 있으니까."

백장미는 입술을 삐죽 내밀며 자신의 불만을 겉으로 표시했다.

하지만 길드장인 백강현은 길드를 지키기 위해 어쩔 수 없는 선택을 할 수밖에 없었다.

백장미는 팔짱을 낀 채 곰곰이 고민했다.

아버지의 뜻을 이해 못하는 건 아니지만, 성신제약의 잘못으로 성신 길드가 일방적으로 피해를 입는 상황이 마음에 들지 않았다.

"너무 손해 보는 장사 아닌가요?"

"사라진 김태원과 구금된 연구원들은 책임을 져야지."

"최현식 상무는요?"

예비 시아버지의 이름을 아무렇지 않게 가벼이 언급하는 백장미였다.

"최 상무 또한 이번 일에서 자유로울 수 없다."

"어떻게 하실 생각인데요?"

"할아버지께서 최충식과 너의 관계도 있고, 그쪽 집안과의 인연을 생각해 지위 해제하는 선에서 마무리 짓자고 말씀하시더구나."

그 순간, 백장미가 눈을 반짝였다.

그녀는 요즈음 최충식이 자신의 짝으로 어울리지 않는다는 생각을 자주 떠올렸다.

팀 비스트의 리더로서는 그런대로 쓸 만하지만, 자신의 배우자감은 아니었다.

"아버지, 부탁이 하나 있어요."

"응? 그래. 말해보거라."

백강현은 딸이 무슨 부탁을 하려는 건지 짐작하기가 어려웠지만, 일단은 들어보자 생각했다.

들어주기 어려운 것이라면 알아듣게 설명해서 포기하게 만들면 그만이었다.

"이번 기회에 충식 씨와 파혼하고 싶어요."

"뭐? 그게 정말이냐? 분명 전에는 상관없다고 하더니, 생각이 바뀌었구나?"

"네. 요즘 절 대하는 것도 차갑고, 그쪽도 집안과의 관계 때문에 만난다는 느낌이 강하거든요."

"흠……."

딸은 자신의 의견을 번복할 생각이 없다는 듯 완고한 표정이었다.

백강현도 길게 고민하지 않았다.

안 그래도 성신제약과의 관계가 틀어지는 판인데, 최충식과의 관계를 유지할 이유가 없었다.

"알겠다. 할아버지께 이야기를 해보마."

"네. 꼭 파혼할 수 있게 해주세요."

이야기를 마친 백장미는 다시 한 번 창 너머로 보이는 재식의 모습을 살폈다.

그러자 백강현도 재식을 한 번 더 살폈다.

"좀 더 있다 돌아갈 생각이면 먼저 가보마."

백강현은 앞으로 바빠질 걸 대비해 준비를 시작할 생각이
었다.

"저도 같이 가요. 언제 깨어날지 모르는데, 기다려봐야
의미 없잖아요."

부녀는 몸을 돌려 나란히 복도를 걸었다.

하지만 이들은 미처 알지 못했다.

혼수상태에 빠진 재식이 정신을 차려 그들의 대화를 듣고
있었다는 사실을 말이다.

7. 재활

방에 켜진 조명들이 꺼지고, 주변에 아무 기척도 느껴지지 않자, 재식은 슬그머니 눈을 떴다.

　분명 주변에 아무도 없다는 걸 알지만, 재식은 가만히 누워서 아무 행동도 하지 않았다.

　그도 그럴 것이, 사람은 없어도 CCTV가 이곳을 감시하고 있기 때문이었다.

　가만히 누워서 주변에서 오고가는 말에 집중했을 뿐인데, 제법 많은 정보를 모을 수 있었다.

　재식은 자신이 일반 병실이 아니라, 성신제약 연구소에 마련된 모처라는 것도 의사의 혼잣말에서 알아냈다.

그는 "이렇게 번듯한 시설을 고작 몬스터 유전자 실험에 사용하다니……."라며 중얼거렸다.

사실 원래 이 방들은 사람이 사용하는 신약 개발에 참여하는 연구원들의 숙소였다.

하지만 몬스터 유전자 연구를 진행하며 그 쓰임이 달라졌다.

몬스터 프로젝트는 단순히 몬스터를 연구하는 것에서 그치지 않고, 유전자 변형 시술에 사용되는 앰플로 개발하는 게 목적이었다.

그러다 보니 보안이 무엇보다 중요했고, 성신제약의 간부들은 건물의 지하에 위치한 연구소에서 실험을 진행하는 게 최선이라 판단했다.

그 조건에 걸맞은 게 연구원 숙소가 있는 층이었다.

신약을 개발하다 보면 약품 성분이 공기 중에 유출 사고가 발생할 수도 있기 때문에 연구원 숙소에는 밀폐 장치가 설치돼 있었다.

그래서 성신제약은 간단한 리모델링을 거치는 것으로 훌륭한 몬스터 유전자 연구소 시설을 갖출 수 있게 됐다.

'어휴, 무슨 사람들이 쉬지 않고 들이닥치는지… 가만히 잠든 척하는 것도 고역이네.'

재식은 방을 드나들며 자신에게 정보를 주고 간 이들의 수를 머릿속으로 세어봤다.

몇몇은 목소리가 같은 적도 있어서 정확하지는 않지만, 적어도 스무 명은 넘는 것 같았다.

그들이 나누는 대화 속에 제식이 필요한 정보는 모두 들어가 있었다.

최충식의 아버지인 최현식과 김태원 연구팀장의 야합으로 중단된 실험이 재개됐으며, 그 실험체가 자신이었다는 것을 들었을 때는 자신도 모르게 욕을 내뱉을 뻔했다.

그리고 자신이 몬스터의 유전자를 주입받았다는 걸 알고 절망했다.

몬스터가 맹수보다 강한 건 당연했다.

그런데도 맹수의 유전자 앰플을 사용하는 건 몬스터 유전자가 위험하기 때문인 게 빤했다.

당장 자신의 몸 상태만 봐도 그게 사실이라는 걸 알기 쉬웠다.

그래도 재식은 천만다행이라 생각했다.

성신제약이나 성신 길드의 사람들 전부가 파렴치한은 아닌지, 폐인이 된 재식을 치료하기 위해 노력했기 때문이다.

대격변 이후 가족의 품으로 돌아오지 못하고 행방불명 처리되는 사람은 수백 명에 육박했다.

최근에는 그 수가 줄었다고 하지만, 헌터들 사이에서는 음모론처럼 흉흉한 소문이 나돌았다.

어떤 공대는 몬스터 레이드를 나가면 매번 신규 멤버들이 죽어 나간다든지, 어떤 길드는 마음에 들지 않는 길드원을 레이드 도중에 죽여 미끼로 사용한다든지 하는 도시괴담은 재식도 종종 들었다.

어쩌면 재식도 쥐도 새도 모르는 사이에 행방불명 처리돼 그들 중 한 명이 되었을지도 모를 상황이었다.

그도 그럴 것이, 재식은 길드의 스케줄에 맞춰 유전자 변형 시술을 받으러 집을 나섰다.

길드에서도 재식이 맹수의 유전자를 시술받는 것으로 알고 있었다.

그러니 생체 실험으로 목숨을 잃었다 하더라도 누구 하나 의문을 가지지 않았을 게 분명했다.

하지만 운 좋게 생체 실험이 있었다는 사실이 성신 길드 헌터들 사이에 빠르게 퍼지며 주목을 받았기에 목숨을 부지했다.

안도 이후 재식에게 찾아온 감정은 분노였다.

밤마다 온몸의 뼈와 살이 타는 듯한 작열통에 시달린 것과 사지에 힘이 들어가지 않는 비쩍 마른 몸이 된 이유가 고작 한 과학자의 욕심 때문이라는 걸 알게 됐기 때문이었다.

수많은 연구원들이 김태원이란 작자의 지시에 이의를 제기하지 않았다는 게 황당할 뿐이었다.

정상적인 사고를 가진 사람이라면 절대 그런 행동을 하지도, 보고만 있지도 않았을 것이다.

도망간 김태원이야 절대 용서할 수 없는 인간이었고, 그 밑에서 연구를 진행하던 연구원들도 마찬가지였다.

비록 그들이 죗값을 달게 받겠다 했다지만, 재식은 그들의 행동이 조금이라도 죗값을 덜기 위한 쇼라 느껴졌다.

재식은 이번 일에 조금이라도 관련된 사람은 절대 용서치 않겠다 다짐했다.

그러려면 우선 몸 상태가 호전돼야 하겠지만, 당장은 그게 언제쯤이라 예상할 수조차 없었다.

백강현과 대화를 나누던 의사는 재식의 몸은 살아있는 게 기적일 정도로 망가졌다고 말했다.

팔다리는 물론이고, 심장과 폐, 위, 대장, 소장 등등 어디하나 멀쩡한 구석을 찾기가 힘들 정도라고 덧붙이기까지 했다.

하지만 재식은 절대 포기하지 않았다.

의식을 차린 뒤로 천천히 몸이 회복되는 걸 느낄 수 있기 때문이었다.

하지만 그게 시술받은 몬스터의 유전자 앰플의 효과 덕분인지, 팔을 타고 흘러드는 약물 때문인지 알 수 없었다.

재식은 구속복을 입고 있는데다, CCTV의 감시도 있어서 당장 몸을 움직이는 것보다는 자신의 내부를 관조하기로 마음먹었다.

재식은 눈을 감고 집중하자, 자신의 신체에서 벌어지는 변화를 느낄 수 있었다.

하지만 어떻게 자신의 몸이 회복되는 걸 알 수 있는지 설명할 수는 없었다.

'뼈에 뚫린 구멍이 줄어드는 건가?'

재식은 골밀도가 향상되는 걸 감지하고 속으로 중얼거렸다.

'조금만 더, 조금만……'

아주 천천히 자신의 신체가 정상으로 돌아가는 것은 기뻤지만, 너무 더딘 진행에 재식은 조급한 마음이 일었다.

'이러면 안 돼. 차라리 다른 생각을 하자.'

신체의 회복과 복수에 대한 것만 생각하다 보니 마음이 답답해진 재식은 다른 쪽으로 생각을 돌리는 게 좋겠다고 판단했다.

하지만 이것저것 아무 거나 떠올리다 보면, 어느새 복수를 떠올리며 망상의 나래를 펼치기 일쑤였다.

그러다 재식은 군 복부 시절에 대한 일들을 떠올렸다.

그런데 군 생활을 떠올리니, 더 이상 회복이나 복수에 대한 생각은 하지 않을 수 있었다.

군 생활이 힘들지 않은 건 아니었지만, 한편으로는 일진들의 괴롭힘에서 벗어난 해방감을 느낀 시기이기도 했다.

추억에 잠긴 재식은 문득 군 복무 시절 배운 특공 무술이 떠올랐다.

물론, 군을 제대하며 대부분 까먹었지만, 몇몇 동작들은 아직도 확실하게 기억하고 있었다.

뭔가 집중할 거리가 필요한 재식은 특공 무술을 떠올리며 가상의 적을 상대했다.

'그래. 한 손은 견제하고, 단검을 든 손을 쭉 내뻗으며 찌른 뒤 베어내듯 팔을 위로 들어 올린다. 그 즉시 팔을 접어서 뺀 다음 다시 찌르고⋯⋯.'

가상의 적은 몬스터였다.

군에서 배운 특공 무술이 거대한 몬스터에게는 소용없겠지만, 그동안 자신이 상대한 고블린이나 돌연변이 동물 등에는 효과적이었다.

그리고 언제가 될지는 모르지만, 복수할 때도 유용하게 사용할 수 있을 게 분명했다.

재식은 까먹은 동작들까지 떠올리려 노력하며 시범을 보인 교관의 자세를 완벽하게 재현하기 위해 집중했다.

그때, 조용한 복도에 발소리가 희미하게 울려 퍼졌다.

재식은 그저 근처를 지나가는 사람이라 여기고 신경을 끄려 했는데, 누군가 이쪽으로 다가온다는 걸 느낄 수 있었다.

재식은 눈을 감은 채 그 소리에 집중했다.

또각, 또각.

처음 들린 발소리는 성별을 구분할 수 없었지만, 조금 더 가까워지자 여성의 하이힐 소리라는 걸 알아차릴 수 있었다.

'누구지?'

재식은 혹시 자신을 실험체로 사용한 연구팀의 여성 연구원이 찾아온 건 아닌가 싶었다.

눈을 떠 그녀의 얼굴을 확인하고 싶은 욕망이 재식의 심장을 거칠게 뛰도록 만들었다.

하지만 차가운 이성은 지금이 때가 아니라며 나섰다.

"미안, 설마 우리 길드에서 이런 일이 벌어질 줄은 몰랐네."

그런데 격리실 앞에 멈춘 건 연구원이 아니라 백장미였다.

"네 자질이 우리 길드에 도움이 될 것 같아서 추천했는데, 이렇게 돼서 정말 안타깝다."

백장미는 유리창 너머에서 재식에게 고백하듯 말을 꺼냈다.

그녀의 얘기는 언뜻 사과하는 것처럼 보였으나, 이어진 말들은 재식을 혼란스럽게 만들기 충분했다.

"이대로 쓰러지지 말고, 다시 일어나. 그래서 내 선택이, 내 안목이 틀리지 않았다는 걸 증명해."

백장미는 재식을 대하며 속으로만 생각하던 말들을 숨김없이 털어놓았다.

그녀가 어째서 자신에게 길드 가입을 권유했는지 알게 된 재식은 적잖이 놀랐다.

백장미의 첫 인상은 생각보다 괜찮았다.

조금 짜증을 잘 내고 변덕이 심할 뿐, 괜찮은 사람이라 여겼다.

그래서 그녀가 길드에 들어오지 않겠냐며 제안을 했을 때, 최충식 때문에 살짝 망설이기는 했지만 제안을 수락했다.

그 이후 대화하면 할수록 통하는 게 있다고 생각하게 됐다.

하지만 그건 전부 자신의 착각이었다.

"네가 최충식보다 나은 인간이라는 걸 증명해. 그렇지 못하면……."

백장미가 말끝을 흐렸다.

재식은 그 뒷말이 무척이나 궁금했지만, 굳이 묻고 싶지는 않았다.

"휴, 이만 가볼게. 다음에 다시 보자."

백장미는 불 꺼진 병실에 시체처럼 누워 있는 재식을 지그시 바라보다 발을 돌렸다.

백장미의 멀어지는 발소리가 더 이상 들리지 않자, 재식은 슬쩍 눈을 떴다.

'최충식……'

백장미가 그의 이름을 언급했기 때문일까, 재식의 마음속에서 다시 복수의 불꽃이 타올랐다.

재식은 혼수상태에서 깨어나며 백강현과 백장미의 이야기를 엿들었다.

두 사람은 눈치채지 못했지만, 재식은 마치 바로 옆에 서 있는 것처럼 들을 수 있었다.

'후우, 최충식. 아버지의 치료비를 마련할 수 있게 도와줘서 과거의 악연은 정리하겠다 마음먹었더니, 이렇게 뒤통수를 치는구나. 예나 지금이나 전혀 변하질 않았어.'

재식은 최충식을 떠올리자 절로 몸에 힘이 들어갔다.

*　　　　*　　　　*

"뭐? 깨어났다고?"

오랜만에 헌터 지원 센터에 나와 훈련을 지켜보던 백강현은 인사부장인 나대현의 보고에 눈을 동그랗게 뜨며 되물었다.

"예. 아직 정상은 아니지만 깨어나 방 안을 걸을 정도로 회복되었다고 합니다."

나대현은 어깨를 잔뜩 움츠린 채 보고를 올렸다.

며칠 전 재식의 일로 죽다 살아난 경험이 있는 나대현은 백강현의 앞에 서는 것 자채가 고역이었다.

하지만 최현식 상무의 일을 덮으며 그 역시 자리를 보전할 수 있었다.

"그 상태에서 회복을 했단 말이지…….."

백강현은 작게 중얼거리며 뭔가를 생각하듯 미간을 좁혔다.

그러자 나대현은 마치 사단장 앞에 선 신병처럼 바짝 얼어붙은 자세로 그의 말이 이어지기를 기다렸다.

"연구소 측은 뭐라고 하던가?"

백강현은 나대현의 보고보다는 성신 연구소 측의 데이터가 궁금했다.

"그게… 그쪽도 길드장님처럼 놀란 표정으로 그의 몸을 연구해 보자는 말을 꺼내더군요."

재식이 침대에서 내려오는 걸 뒤늦게 발견한 보안 요원 덕분에 성신 길드에 먼저 보고가 올라갔다.

재식의 소속은 성신 길드였고, 연구소 측은 길드 측 몰래 길드 소속 헌터를 대상으로 실험을 감행한 전과가 있기에 당연한 일이었다.

또 다른 구설수 때문에 이상하게 소문이 퍼지기라도 한다면 성신제약과 성신 길드의 이미지는 치명적인 손상을 입을 게 빤했다.

그래서 백강현은 재식이 깨어날 가망이 없다는 말을 듣고도 굳이 지침을 내려뒀다.

하지만 그 이후 재식의 소식을 접한 연구소의 연구원들은 재식에게 달려갔다.

그러더니 곧장 재식의 몸을 검사했다.

재식의 몸이 정상으로 돌아왔다면 가해자인 자신들의 죄를 조금이라도 줄일 수 있기 때문이었다.

"알겠네. 그만 가봐."

백강현은 더는 볼일이 없다는 듯 손을 내저었다.

하지만 나대현의 머릿속은 복잡해졌다.

그의 가보라는 말이 더 관찰하다 보고할 일이 생기면 알려 달라는 건지, 아니면 정말 말 그대로 자신의 업무로 복귀하라는 건지 분간하기 힘들었다.

"네. 그럼 이만 가보겠습니다."

나대현은 고개를 갸우뚱해 보이더니 등을 돌렸다.

정재식이 깨어난 걸 보고하면 뭔가 더 이야기가 나올 것이라 여겼다.

그런데 자식을 겁박할 정도로 관심을 보이던 헌터가 정신을 차렸다는데, 대수롭지 않은 일로 여기는지 별다른 반응이 없었다.

하지만 가보라는 말이 떨어졌는데, 자리를 지키고 앉아 있다면 괜히 한 소리 더 들을 게 빤했다.

나대현은 밖으로 나오자마자 깊은 한숨을 내쉬었다.

먹고사는 게 쉬운 일이 아니었다.

나대현을 내보낸 백강현은 한참을 고민했다.

그러다 무언가 결심한 모양인지, 한창 헌터들을 훈련시키던 문세윤 교육부장을 불렀다.

"문 부장!"

"예, 길드장님."

백강현의 호출에 문세윤은 하던 일을 멈추고 백강현의 곁으로 다가와 섰다.

"부르셨습니까."

"아, 전에 말한 그 신입 헌터 말인데……."

"신입이라면, 혹시 전에 말씀하신 정재식 헌터를 말씀하시는 겁니까?"

"맞네."

"그 헌터는 연구소의 실험으로 폐인이 됐다는 소리를 들었습니다."

"나도 방금 정신을 차렸다는 보고를 받았네. 상태가 어느 정도 호전됐는지는 확인해 봐야겠지."

문세윤은 도통 백강현이 무슨 생각을 하는지 파악할 수가 없었다.

"그걸 제게 알려주시는 이유가 궁금합니다."

"그 상태에서 정신을 차릴 놈이라면 쓸 만하겠지. 감이 좋아. 그놈은 다시 기어 올라올 것 같아."

백강현의 입가에 짙은 미소가 번졌다.

"하지만……."

문세윤은 말을 꺼내려다 말고, 재빨리 주변을 두리번거렸다.

그리고 나서 목소리를 낮춰 조심스럽게 말을 이었다.

"유전자 변형 시술에 사용한 게 몬스터의 앰플이라고 들었습니다. 그게 어떤 몬스터인지는 모르지만, 중급 헌터로써 성장해 상급 헌터가 될 수 있을까요?"

"그건 지켜봐야 알겠지. 자네도 이 일을 오래했지만, 예상대로 성장하던 놈이 얼마 되지 않는 걸 알지 않나."

"그렇긴 합니다."

"그러니 재활훈련을 마치고 길드로 돌아오면 잘 지켜보고, 매일 보고하게."

"네, 알겠습니다."

너무 이례적인 일이라 문세윤은 의아한 생각부터 들었다.

아무리 관심 있는 헌터라고 하지만, 너무 분에 넘치는 관심으로 보였다.

"내 관심 때문에 억지로 긍정적인 말을 할 필요는 없네."

문세윤의 골몰한 표정에 백강현은 가볍게 그의 어깨를 두

드리며 충고했다.

"그럴 일은 없을 겁니다. 제 평가 기준은 누구에게나 똑같이 적용될 겁니다."

"그럼 그렇게 알고 이만 가보겠네."

"들어가십시오."

문세윤은 다시 헌터들을 교육시키기 위해 자리를 떠났고, 그의 등을 바라보던 백강현도 지원 센터를 나섰다.

＊　　　＊　　　＊

"후우, 후우!"

재식은 온몸에 전극을 붙인 채 양손에 스위치가 달린 은색 봉을 들고 러닝 머신 위를 달리는 중이었다.

러닝 머신 전면에는 40인치 모니터가 설치돼 있었는데, 화면에 빨간 상자와 파란 상자들이 재식을 향해 날아들었다.

재식은 빠른 속도로 달리면서 그 상자들이 동그라미 안에 들어오면 해당 스위치를 눌러야 했다.

"좋아. 좀 더 속도를 올려보자고."

재식과 조금 떨어진 곳에는 하얀 가운을 입은 연구원들이 재식의 데이터를 확인하고 있었다.

재식은 이름도 모르는 연구원이 러닝 머신의 속도를 높이라고 소리치자 속으로 욕지거리를 떠올렸다.

'미친놈들아, 작작해!'

러닝 머신 위를 달린 지 벌써 한 시간이 지났다.

처음에는 걷는 속도로 시작했는데, 10분 동안 천천히 속도를 높였다.

그러다 보니 지금은 시속 10km로 달리는 중이었다.

한 시간 동안 뛰는 게 결코 쉬운 일은 아니었다.

게다가 재식은 실험 후유증으로 혼수상태에 빠져 있었다.

그걸 모르지 않을 텐데, 연구원들은 재식의 한계를 알아내겠다는 듯 눈에 불을 켜고 달려들었다.

'어휴, 조용히 체력을 회복한 뒤 일어난 척한 게 다행이네.'

재식은 며칠 동안 꼼짝 않고 몸을 회복하는 데 집중했고, 일상생활에 지장이 없을 정도로 몸이 회복됐다는 걸 알고 이제야 의식을 차린 척 연기했다.

그러고 나서 깜짝 놀라 달려온 연구원들에게 자신의 몸 살애를 체크해 달라고 말했다.

어차피 이들은 자신이 당한 일이 밖에 알려지는 것을 막기 위해 애쓸 게 빤했다.

외부 병원에 입원하는 게 불가능할 테니, 조금은 협조적으로 나서는 게 오히려 나을 것 같았다.

"후우, 후우!"

달리는 속도가 시속 11㎞까지 상승했다.

재식은 다리에 힘이 들어가며 숨이 가빠지는 걸 느꼈지만, 아직까진 여유가 넘쳤다.

그러자 연구원들은 다시 속도를 올렸고, 재식은 시속 15㎞로 달리게 됐다.

그럴수록 화면 속에서 재식을 향해 날아드는 상자의 속도로 빨라졌다.

하지만 재식은 20분 이상 러닝 머신 위를 달리며 단 한 개의 상자도 놓치지 않고 반응했다.

재식의 데이터를 확인한 연구원들은 먹잇감을 발견한 맹수처럼 눈을 반짝였다.

"자, 다른 테스트로 넘어갑시다."

그게 한계라 여기는 건지, 시간이 부족해서 다른 테스트를 우선 진행하려는 건지 몰라도 재식은 일단 더 달리지 않아도 된다는 게 기쁜지 엷은 미소를 지었다.

다음 테스트는 근력 테스트였다.

재식은 데드리프트를 하게 됐는데, 처음엔 재식의 몸무게의 절반인 37.5㎏을 들어 올렸다.

이후에는 열 번을 들어 올리면 5㎏ 바벨을 추가하는 방식으로 테스트가 진행됐다.

그리고 재식이 150㎏을 10회 들어 올리자, 다음 테스트로 넘어갔다.

재식은 조금 아쉬운 마음이 들었다.

물론 기록을 측정하기 위한 게 아니라, 종합적인 체력 측정을 통해 몸 상태를 체크하는 게 목적이라 과하게 무리하지 않는 게 정상이었다.

하지만 재식은 자신의 한계를 알고 싶었다.

몸 안에서 꿈틀 대는 힘을 겉으로 드러내고 싶었다.

그건 연구원들도 마찬가지겠지만, 그들은 또다시 생체 실험을 진행한다는 오해를 사고 싶지는 않았다.

그들의 입장에서 재식은 이제 막 혼수상태에서 깨어난 환자이기 때문이었다.

재식은 스스로 판단했을 때 자신의 능력 중 60% 정도를 보여준 것 같다고 여겼다.

물론, 중급 헌터들에 비하면 조금 부족한 기록이지만, 100%를 발휘하면 뒤지지는 않을 것 같았다.

"어휴, 힘들다."

재식은 모든 테스트를 마치고 힘들다는 듯 투덜거렸다.

"고생하셨습니다."

"네. 결과는 어떻게 나왔습니까?"

연구원의 인사에 재식은 마음이 급한지, 다짜고짜 결과부터 물었다.

"오늘 테스트한 자료는 분석이 필요할 것 같습니다. 일단

은 회복을 위해 내일부터는 식단 조절 식사가 제공될 겁니
다."

"네, 알겠습니다."

연구원들의 관심은 테스트를 진행할 때만 해도 재식에
게 몰렸는데, 그게 끝나기 무섭게 재식의 데이터로 옮겨갔
다.

재식은 주변이 횅해지자, 피식 실소를 날렸다.

8. 훈련

성신 길드의 헌터 지원 센터 내 탈의실.

재식은 자신의 이름이 적힌 로커 앞에 놓인 의자에 앉아 손에 들린 헌터 브레슬릿을 내려다보고 있었다.

헌터라면 누구나 하나씩 가지고 있는 물건이지만, 재식은 한 달 동안 브레슬릿을 몸에서 떼어놓을 수밖에 없었다.

브레슬릿을 풀 때는 아무렇지 않았는데, 한 달 만에 보게 되자 감회가 남달랐다.

금방 끝나리라 생각한 유전자 변형 시술이었는데, 생체 실험에 이용당하고 말았다.

맹수의 앰플이 아니라 몬스터의 유전자가 담긴 앰플을 주입 당했고, 연구소 팀장은 개인적인 욕망으로 몬스터용 진정제인 M—페타민까지 사용했다.

재식은 순식간에 전도유망한 헌터에서 폐인이 되고 말았다.

하지만 다행히 재식의 몸은 기적적으로 회복되었다.

그게 김태원이 주입한 두 종류의 몬스터 유전자의 효과인지, M—페타민이 몬스터의 유전자와 만나 이상 현상을 일으켰는지는 알 수 없었다.

그래도 죽지 않고 목숨을 부지한 걸 다행이라 여긴 재식은 재활을 위해 부단히 노력했다.

처음 재활 치료를 시작할 때만 해도 금방 길드로 복귀할 것이라 여겼다.

하지만 성신제약의 연구원들은 재활 치료라는 명목으로 재식의 몸 상태를 확인했다.

그도 그럴 것이, 재식에게 사용된 메탈 슬라임의 유전자 앰플은 효능이 명확하게 밝혀진 게 아니기 때문이었다.

게다가 한 사람에게 각기 다른 몬스터의 유전자 앰플 두 개를 동시에 주입한 것도 처음이었다.

연구원들은 재식에게 언제 부작용이 나타날지 모른다며 겁을 줬다.

재식은 몸이 회복된 것을 보며 몬스터의 유전자가 성공적으로 결합했다고 여겼다.

하지만 자신이 느끼지 못하는 문제가 남아 있을 수 있다는 것까지 배제할 수는 없었다.

어차피 몬스터 유전자를 어떻게 활용할 수 있을지 알아내야 할 상황이었다.

재식은 연구원들에게 협조해서 하나라도 정보를 더 얻어 내자 마음먹었다.

연구원들이 자신을 이용한다면 자신도 연구원들을 이용하면 그만이었다.

그렇게 한 달을 꼬박 매달렸다.

덕분에 메탈 슬라임의 유전자 형질의 발현에 성공했다.

신체 일부를 슬라임처럼 변형시켜 물리적인 충격을 덜 받을 수 있게 됐다.

게다가 상처를 회복하는 능력이 슬라임의 유전자에서 유래됐다는 사실도 알 수 있었다.

헌터의 회복 능력과 급속 외상 치료제의 도움 없어도 자가 치유가 가능하다는 건 유니크한 특성이었다.

하지만 최하급 몬스터 중에서도 최약체라 그런지 효율이 나빴고, 재식은 능력을 사용할 때마다 심한 피로감을 느꼈다.

연구원들은 슬라임의 유전 형질을 발현시키면 체내의 에너지원인 지방과 단백질이 심하게 소모하기 때문이라는 걸 밝혀냈다.

특히 충격을 감소시키는 능력이 발현되면 엄청난 속도로

지방이 타들어가는 현상이 확인됐다.

연구원들은 너무 위험한 능력이라고 몇 번이고 경고했지만, 재식은 잘만 활용하면 충분히 한 사람 몫의 헌터로 활동할 수 있으리라 판단했다.

하지만 카피캣의 유전자 형질은 아무리 노력해도 발현되지 않았다.

타인의 능력을 복제한다는 카피캣의 힘을 일부라도 사용할 수 있다면 슬라임의 유전자보다는 훨씬 더 도움이 될 터였다.

아쉽지만 안 되는 일에 계속 매달려 있을 수만은 없었다.

재활이라는 명분하에 한 달 동안 연구소의 실험체 노릇을 하던 재식은 더 얻을 게 없다는 판단을 내리고 길드에 복귀 신청을 넣었다.

그러자 그날 당장 성신 길드에서 담당자가 나와 재식의 신병을 인도했다.

하지만 재식의 생활은 그리 크게 바뀌지 않았다.

아니, 연구소에 있을 때보다 노골적으로 재식을 감시했다.

성신 길드의 나대현 인사부장은 아직 정상이 아닌 재식을 돕기 위한 것이라 설명을 늘어놓았지만, 재식은 속으로 코웃음을 쳤다.

재식의 능력은 처음 성신 길드에 방문했을 때보다 훨씬 좋아진 상태였다.

슬라임의 능력이 애매하긴 하지만, 레벨만큼은 30레벨로 올라 있었다.

그런데 나대현은 재식을 오랜 지병을 앓던 사람을 대하듯 말했다.

재식은 성신제약이나 성신 길드나 크게 다르지 않다는 걸 느낄 수 있었다.

그리고 속으로 다짐했다.

어차피 이곳에 오래 머물지 못할 거라면 최대한 얻을 수 있는 걸 다 손에 넣은 뒤에 떠나겠다고.

생각해 보면 그들이 자신을 보듬어 줄 리가 없었다.

어느 누가 자신의 치부를 아는 이를 가까이 두려 하겠나.

안 그래도 최충식과 백장미를 겪으며 자신이 보통 사람들보다 우월하다 여기는 인간들에게 치를 떠는 중이었다.

"후읍, 후우."

재식은 심호흡하며 감정을 다스렸다.

그리고 나서 아주 오랜만에 자신의 헌터 브레슬릿을 왼팔에 착용했다.

딸깍하고 맑은 결속 음이 들리며 브레슬릿이 손목에 고정됐다.

손목과 맞닿은 부분에서 냉기가 전해졌다.

[헌터 넷에 연결 중입니다.]

헌터 블레슬릿에서 여성의 음성이 흘러나왔다.

[변형된 유전자 정보를 확인. 정재식 헌터 본인이 아니라면, 가동을 중지해 주십시오.]

헌터 브레슬릿의 인공지능은 재식이 브레슬릿을 착용하자, 등록된 유전자 정보와 대조를 진행했다.

하지만 재식의 유전자에는 몬스터의 유전 정보가 결합된 상태였고, 헌터 브레슬릿은 그걸 타인의 가동이라 판단한 듯싶었다.

"유전자 변형 시술을 받았다. 본인이 맞아."

[음성 데이터를 조회해 신원을 확인합니다.]

유전자 정보로 사용자를 확인이 불가능하자, 인공지능은 재식의 음성을 분석했다.

[사용자의 음성을 확인했습니다. 헌터 관리 규정 제2장 4조 5항에 의거, 10일 내에 가까운 헌터 지부를 방문하여 정보를 갱신하기 바랍니다. 만약 정해진 기간 내에 새로운 사용자 정보를 갱신하지 않을 경우, 본 헌터 브레슬릿은 착용자를 규정 위반자로 신고하게 됩니다. 그러니 기간 안에 반드시 자진 신고하시기 바랍니다.]

음성을 대조해 재식을 확인한 인공지능은 헌터 협회에 유전자 정보를 갱신하라며 권고했다.

재식은 미간을 좁혔다.

별일 아니지만, 헌터 협회에 방문하는 것 자체가 시간 낭비였다.

기간 내에 갱신하지 못하더라도 1차 경고와 함께 5일의 기간을 더 주지만, 그 이후엔 범죄자가 되고 만다.

그렇게 되면 헌터 협회는 재식의 헌터 라이센스를 정지할 테고, 범죄자를 잡아들이기 위해 수배를 내릴 것이다.

재식은 범죄자가 되어 수용소로 끌려가는 건 사양하고 싶었다.

"알겠으니까, 일단 임시 가동부터 해줘."

[사용자의 요청을 확인. 갱신 전 허용 기간 동안 헌터 브레슬릿을 임시 가동합니다.]

고작 인공지능에게 부탁하며 굽실거릴 필요가 있느냐 생각하는 사람도 있겠지만, 헌터 브레슬릿은 헌터에게 무척이나 중요한 도구였다.

파티 결성, 사냥 기록 등은 물론이고, 몬스터 레이드를 나서면 파티나 공대에 얼마나 기여했는지까지 알려준다.

그러니 음지에서 범죄와 얽혀 헌터 생활을 할 생각이 아니라면, 반드시 필요한 장비였다.

막말로 헌터 브레슬릿을 무기나 방어구보다 중요한 장비라고 생각하는 헌터들도 많았다.

10일 동안의 임시 가동이지만, 굽실거리기에는 충분한 가 값어치가 있었다.

바닥을 구른 재식은 바닥을 손으로 짚고 몸을 일으켰다.

그 직후, 바로 정면으로 달려가 오른손을 쭉 뻗으며 몬스터의 몸 위에 붉게 표시된 부위를 카타르로 찔렀다.

[Good.]

재식이 붉게 표시된 부위를 찌르자, 눈앞에 푸른색의 글자가 떠올랐다.

"헉, 헉……."

[쉬고 있을 시간이 있으면, 발을 놀려!]

재식이 잠시 숨을 고르는데, 스피커를 통해 호통치는 소리가 전달됐다.

"칫."

짧게 혀를 찬 재식은 다시 자세를 잡고 더미 몬스터를 바라봤다.

재식은 성신 길드 내에 갖춰진 증강 현실 훈련장에서 훈련 중이었다.

대한민국의 어느 길드나 증강 현실 훈련 장치는 갖추고 있기 때문에 특별할 건 없지만, 훈련 감독만큼은 지독할 정도로 사람을 굴려 댔다.

[Miss.]

'이런 젠장.'

숨을 제대로 고르지 못한 탓에 자세가 흐트러진 재식은 몬스터의 가슴에 표시된 붉은 표식에 공격을 적중시키기 못했다.

[정신 똑바로 안 차려? 레이드 나가기 전에 내 손에 죽어 볼래!]

재식이 실수를 저지르자마자 다시 천둥소리 같은 호통이 들려왔다.

재식은 황급히 뒤로 물러서며 몬스터의 공격 범위에서 벗어났다.

증강 현실을 이용한 더미에 불과하지만 몬스터의 공격을 허용하면, 인공지능이 임의로 대미지를 산정한다.

그 대미지가 일정 수치 이상 쌓이면 사망이나 행동 불가 판정을 받고 훈련이 종료된다.

함께 참가한 다른 헌터들도 있는데, 망신이 아닐 수 없었다.

아니, 그런 걸 떠나서 목숨을 담보로 몬스터를 사냥하는 헌터가 훈련에서 농땡이를 핀다는 건 말이 되지 않았다.

운동선수나 군인들이 실전을 방불케 하는 고된 훈련을 감내하는 건 전부 다 그만한 이유가 있기 때문이었다.

실전에 돌입했을 때, 무의식적으로라도 훈련 때 체득한 대로 행동하기 위함이었다.

지금 겪는 일들이 전부 피가 되고 살이 될 텐데, 훈련이라고 어영부영할 수는 없었다.

게다가 재식은 성신 길드에서 도움이 될 만한 건 뭐라도 얻어낼 생각이었다.

"하압!"

몬스터의 공격 범위에서 벗어난 재식이 다시 한 번 몬스터를 향해 쇄도했다.

재식은 바닥을 박차고 뛰어오른 뒤, 몬스터의 왼손을 다시 밟아 몸을 높게 띄웠다.

그러고 나서 몬스터의 왼쪽 어깨를 뛰어 넘으며 오른손에 쥔 카타르로 목을 깊숙이 베었다.

[Great.]

이번에 뜬 문구는 정확한 공격이 들어가면서 'Great'란 문구가 떴다.

퍼펙트보다 한 단계 낮은 판정이지만, 그래도 약점 부위에 공격을 성공시켰다는 의미였다.

하지만 아직 훈련이 끝난 것은 아니기에 재식은 착지하자마자 몬스터에게 멀어져 자세를 가다듬었다.

재식은 가빠진 숨을 고르며, 훈련을 시작하기 전에 들은 설명을 떠올렸다.

이 훈련이 끝나는 조건은 세 가지뿐이었다.

첫 번째는 훈련을 받는 헌터가 몬스터 레이드에 성공을 했을 때.

두 번째는 몬스터에 공격당해 컴퓨터의 대미지 판정으로 사망 또는 그에 상응하는 판정을 받았을 때다.

그리고 세 번째로는 헌터가 훈련을 포기했을 때였다.

물론, 예외 조항으로 훈련을 감독하는 교관이 임의로 기기를 정지시킬 때도 있었다.

하지만 이는 훈련 상황에서 헌터의 의지와는 상관이 없는 제 삼자의 판단에 의한 것이니 말 그대로 예외 조항일 뿐이었다.

재식은 레이드 몬스터의 체력이 얼마 남지 않은 걸 확인하고 마무리 일격을 날리자 마음먹었다.

그와 동시에 앞으로 달려가는 순간, 경고음과 함께 훈련이 중단되며 몬스터가 자취를 감췄다.

[정신 안 차리려? 몬스터만 신경 쓰지 말고 동료의 움직임도 염두에 두고 움직이라고 말했잖아!]

훈련이 중단된 원인은 재식 때문이었다.

재식은 혼자만의 생각에 빠져 돌진했고, 그로 인해 다른 헌터의 동선을 침범하고 만 것이었다.

스피커를 통해 울리는 교관의 목소리가 훈련장 내부를 크게 울렸다.

'젠장!'

재식은 처음으로 훈련에 참여하는 것이지만, 성과를 보이고 싶었다.

근접 딜러인 재식이 활약하려면 몬스터에게 달라붙어야 하는데, 다른 헌터들도 다 근거리 딜러들뿐이었다.

당연히 주변 동료들의 움직임을 파악하는 데 더욱 신경을 써야 옳았다.

하지만 일반 공대에서 사냥한 경험밖에 없는 재식은 원거리 딜러가 포함된 전투가 익숙했고, 다수의 근거리 딜러들과 함께 움직이는 게 어색했다.

하지만 성신 길드의 헌터들에게는 근거리 딜러들이 다수 포진한 전투가 더 익숙했다.

그건 성신 길드만의 특징이 아니라, 유전자 변형 시술을 받은 중급 헌터들을 다수 보유한 길드들 전체의 특징이었다.

맹수의 힘을 가진 헌터들이 멀리서 활이나 쏠 필요도 없었고, 자가 치유력도 상당한 편이라 부상을 치료할 힐러도 필요 없었다.

물론, 위험 분류 5등급 이상의 몬스터를 상대할 때는 상황이 달라진다.

4등급 몬스터까지는 팀 비스트처럼 뛰어난 중급 헌터는 힐러 없이도 문제가 없었다.

하지만 5등급 몬스터부터는 전투의 규모가 달라지기 때

문에 원거리 딜러나, 힐러를 대동한다.

그럼에도 불구하고 성신 길드는 특이하게 마법사나 힐러를 영입하지 않았다.

어찌 보면 자신감의 표현이라고 할 수 있겠지만, 그보다는 현실적인 문제가 더 컸다.

마법사나 힐러의 경우 각성한 헌터들이 대부분이었고, 그들은 같은 중급 헌터라 하더라도 몸값이 훨씬 비쌌다.

매일 사냥에 나가는 것도 아니고 어쩌다 한 번 레이드에 동원되는 게 전부인데, 그걸 떠안는 건 적자를 감수하겠다는 말과 같았다.

게다가 성신 길드는 성신제약의 앰플을 사용한 중급 헌터들이 대부분이었다.

각성한 헌터를 보유한다는 건 외부에 성신제약의 앰플의 효능이 좋지 못하다고 광고하는 꼴이었다.

그런 악조건 속에서 성신 길드가 헌터들의 생존률을 높이는 방법은 전술에 매달리는 것뿐이었다.

잘 짜진 전술은 몬스터 레이드의 효율을 올리고, 레이드 도중 발생하는 헌터의 부상을 최소한으로 막을 수 있었다.

또한, 정규 팀에서 결원이 생겼을 때, 예비대에서 차출된 헌터가 갑자기 자리를 대신하더라도 불협화음 없이 매끄럽게 사냥을 진행할 수 있다는 장점이 있었다.

그러니 예비대에 속한 헌터들은 철저하게 전술 교육을 주입밖을 수밖에 없었다.

[오늘 처음 훈련에 참가한 동료가 미숙한 건 당연한 일이다. 그럼 그만큼 기존의 멤버들이 더 신경 써야지!]

교관의 잔소리는 끝을 모르고 이어져 동료 헌터들에게 불똥이 튀었다.

만약 방금 전 상황이 실전이었다면, 재식과 다른 헌터의 동선이 꼬이면서 두 명의 공백이 발생했을 것이다.

그럴 경우, 몬스터가 두 사람을 노릴 수도 있었고, 빈틈을 노리고 파고들어 포위망을 빠져나가 도주할 수도 있었다.

즉, 레이드가 실패로 돌아갈 수도 있는 상황이었다.

그러니 교관은 예비대 헌터들에게 엄하게 훈계할 수밖에 없었다.

'같은 중급 헌터인데, 이런 격차가 벌어지리라고는……'

재식은 현실의 벽을 체감하자 속으로 탄식했다.

훈련에 앞서 재식은 훈련 방식에 대해 이미 설명을 들었다.

하지만 그걸 직접 실행에 옮기는 건 생각보다 어려운 일이었다.

그도 그럴 것이, 재식이 유전자 변형 시술을 받아 중급 헌터가 되기는 했지만 다른 예비대 헌터들에 비해 속도가 느렸다.

재식이 이미 행동에 들어갔더라도 다른 헌터가 앞지를 수 있을 정도였다.

게다가 훈련을 어서 끝내고 싶은 건 다른 헌터들도 마찬가지였다.

[몬스터의 전면으로 이동을 할 때는 다른 헌터의 움직임을 놓쳐선 안 된다. 알겠나?]

누구라도 정신적으로 몰아붙이는 교관의 호통을 계속해서 듣고 싶지는 않을 것이다.

"알겠습니다."

재식은 자신의 잘못을 순순히 인정했다.

[좋다. 그럼 30분간 쉬고 다시 훈련을 시작하겠다.]

줄곧 이어지던 교관의 지적이 드디어 끝났다.

그러자 헌터들이 일제히 훈련장 밖을 향해 나갔다.

재식도 더 이상 훈련장에 남아 있을 이유가 없기에 그들의 뒤쪽으로 가서 섰다.

훈련장을 나온 재식은 헌터 지우너 센터 한쪽에 마련된 휴게실로 들어갔다.

평소 마시던 음료를 구매한 재식은 벤치에 앉아 방금 전 자신의 훈련 상황을 재생했다.

훈련 과정은 모두 신성 길드의 메인 서버에 기록되기 때문에 헌터 브레슬릿으로 다운로드 받아 확인해 볼 수 있었다.

재식은 자신의 시야 외에서 움직이던 헌터들까지 한눈에

살펴볼 수 있었다.

그러자 직접 느끼지 못한 자잘한 실수들이 눈에 띄었다.

주로 저지른 실수는 재식이 몬스터를 공격하는 데 너무 몰입해 자신의 옆에 선 헌터가 공격에 돌입하는 것을 확인하지 않는 것이었다.

헌터 브레슬릿으로 보이는 화면에서 다른 헌터는 재식으로 인해 자신의 진로가 막힐 것이라는 걸 예측한 듯 과감하게 공격을 포기하고 뒤로 물러섰다.

가장 큰 실수라면 몬스터의 공격을 회피할 때 엉뚱한 방향으로 물러났다는 것이었다.

'Good' 판정을 받은 공격을 한 뒤, 재식은 몬스터의 오른쪽 사선 방향으로 물러섰다.

하지만 이때 오른쪽으로 빠지는 게 아니라 곧장 뒤로 물러섰어야 했다.

왼팔 공격 범위 밖으로 물러선 뒤 바로 공격을 감행했다면 'Miss' 판정이 아니라 'Great' 판정을 받았을지도 모를 일이었다.

아니, 어쩌면 오늘 훈련 중 한 번도 받아보지 못한 'Perfect' 판정을 받을 가능성이 높았다.

'젠장, 조금만 침착했다면 충분히 더 좋은 상황을 만들어 낼 수 있었는데…….'

재식은 재생되는 훈련 영상을 바라보며 반성했다.

레이드 몬스터의 체력이 얼마 남지 않은 상황이었으니, 마지막의 결정적인 실수만 아니었다면 충분히 훈련을 끝마칠 수 있었다.

훈련을 지켜보던 교관도 그래서 더욱 쓴 소리를 아끼지 않을 것이리라.

'다음 훈련에 같은 실수를 반복하지는 말아야지.'

재식은 휴식 시간이 끝날 때까지 자신의 훈련 동영상을 몇 번이고 반복 재생했다.

그런데 그런 재식의 모습을 주시하고 있는 시선이 있었다.

* * *

예비대의 증강 현실 훈련을 마치고 돌아온 채치수는 교육부장인 문세윤의 호출을 받았다.

"앉지."

"네."

채치수는 무슨 일로 자신을 부른 것인지 알 수가 없어서 잔뜩 긴장한 채 소파에 앉았다.

"오늘 처음으로 훈련에 참여한 헌터가 있을 텐데?"

'응?'

채치수는 밑도 끝도 없이 갑자기 훈련에 처음 참가한 헌터에 대해 질문하는 문세윤 부장을 응시했다.

교육부장인 문세윤은 예비대 헌터들의 훈련 상황에 대해 직접적으로 묻는 사람이 아니었다.

그에게 중요한 건 수치로 표시된 데이터였다.

이상한 일이긴 하지만, 일단 질문을 받았으니 답을 해야만 했다.

"예. 정재식 헌터라고… 시술 후유증 치료를 마치고 오늘 예비대로 왔습니다. 저는 참관을 권유했지만, 본인이 극구 훈련에 참여하겠다고 말해서 한 번 참가시켜 봤습니다."

"그래? 어떻던가?"

'응, 뭐지?'

채치수는 오늘 해가 서쪽에서 뜬 건 아닌지 생각해 봤다.

문세윤은 월말 평가 자료를 보고하면 그걸 검토한 뒤 의문점이 있거나 개선해야 할 점이 발견되었을 때나 질문을 던지던 사람이었다.

채치수는 이걸 어떻게 받아들여야 할지 분간할 수가 없었다.

"부장님께서 관심을 둘 정도의 헌터입니까?"

채치수의 질문에 문세윤은 어깨를 한 번 으쓱해 보였다.

"글쎄, 나도 길드장님께 지시를 받은 일일 뿐이네."

"네? 길드장님께서요?"

"뭐, 내가 자네를 불러다 길게 말하는 것만큼 드문 일이기는 하지."

"크음, 그렇군요. 혹시 짐작하는 바라도 있으십니까? 중요한 사안이라면 조금 더 신경 써서 지켜보겠습니다."

문세윤은 어디서 어디까지 말을 해줘야 할까 고민했다.

하지만 길드 내에 정재식에 대한 소문이 파다한 상황이니 크게 말조심할 필요가 없다는 걸 깨달았다.

"자네도 정재식 헌터에 대한 소문을 들어서 알겠지만, 우리 길드의 헌터를 성신제약에서 생체 실험에 사용했네."

"네? 그게 갑자기 무슨 말씀입니까? 감히 길드의 헌터를 실험체로 만들었다는 겁니까!"

채치수는 문세윤 부장의 말에 갑자기 머리 끝까지 열이 뻗치는 걸 느꼈다.

그러자 문세윤은 고개를 절레절레 저었다.

"이봐, 아무리 전술을 연구하는 데 열과 성을 다한다는 건 알지만, 세상 흘러가는 일에도 관심을 두는 게 좋을 거네."

"저는 소문을 들으니, 새로 발견된 몬스터의 데이터나 뒤적여 보겠습니다."

사실 채치수는 몬스터 레이드의 공략법을 연구하는 데 주력한 헌터였다.

백강현은 길드에 영입한 채치수가 헌터로서의 능력에 비해 타인을 훈련시키는 쪽에 재능이 있다는 걸 알아봤다.

채치수도 위험한 몬스터를 상대하는 것보다 그쪽이 나을 거라 판단했기에 백강현의 제안을 받아들였다.

능력이 부족한 헌터가 길드 내에서 자리를 유지하는 건 쉬운 일이 아니었다.

채치수는 자신의 남는 시간을 연구에 모두 투자했다.

제 코가 석자인데 다른 곳에 관심이 생길 리가 없었다.

"아무리 그래도 한동안 길드가 떠들썩했는데, 그걸 모를 수가 있나. 자네도 참……."

채치수의 반응에 문세윤은 어처구니가 없다는 표정으로 혀를 끌끌 찼다.

"그 소식을 못 들었다니, 처음부터 다시 설명해야 되겠군."

문세윤은 백강현 길드장의 지시를 언급하기 전에 재식이 겪을 이야기를 대충 간추려 들려줄 수밖에 없었다.

"허, 성신제약이 선을 넘은 거 아닙니까? 그걸 길드장님께서 가만히 뒀답니까?"

이야기를 다 들은 채치수는 기가 찬 모양인지, 허탈한 표정을 지어보였다.

다른 제약 회사는 그럴 수 있어도 성신제약이 그럴 것이라고는 생각지도 못했다.

도시 괴담 정도의 헛소리라 치부해 왔는데, 실제로 그런 사건이 있다는 걸 듣고 나니 뒤통수를 한 대 얻어맞은 것처럼 얼얼했다.

"뭐, 성신제약은 꼬리부터 자르고 제 식구 감싸기에 들어갔네. 길드가 제약 쪽에서 완전히 독립한 게 아니니, 길드 장님께서도 강하게 항의할 수는 없었겠지."

"에잉, 맘에 드는 게 하나도 없군요. 그래서 정재식 헌터 가 그 사건을 외부로 발설할까 봐 전전긍긍하시는 겁니까?"

"하하하, 길드장님께서? 말이 되는 소리를 하게."

"그럼 도대체 그 헌터에게 관심을 보이는 이유가 뭡니 까?"

"우리가 알지 못하는 재능이라도 보신 게 아닐까? 자네 라는 원석을 찾아내신 것처럼 말이야."

"흠, 그렇다면야……."

대충은 납득한 모양인지 채치수는 고개를 끄덕였다.

"일단 매일 그의 근황에 대해 보고해야 하니, 자네도 내 게 매일 보고서를 제출하게."

"네? 매일이요?"

"그리 길지는 않을 걸세. 그가 정말 재능을 꽃피우든, 시 든 꽃이 되든 금세 결판이 날 테니까."

"알겠습니다. 그럼 오늘 제가 정재식 헌터를 평가한 것부 터 들려 드리겠습니다."

채치수는 재식의 종합적인 평가에서부터 세부 사항에 대 한 지적까지 일일이 언급하며 문세윤이 인상을 찌푸리게 만 들었다.

9. 실전 훈련

낙엽이 지고 찬바람이 불기 시작하는 11월의 아침.

성신 길드 주차장에 완전 무장한 헌터들이 줄을 맞춰 질 서정연하게 모여 있었다.

하지만 이들의 어깨에는 성신 길드의 길드원이 착용하는 엠블럼이 아닌 다른 엠블럼이 달려 있었다.

그들의 정체는 바로 정규 공대에 결원이 생겼을 때 빈자 리를 매꾸는 예비대 소속의 헌터들이었다.

오늘 이들은 증강 현실이 아닌, 실제 몬스터를 상대하는 실전 훈련을 진행할 예정이었다.

그들은 실제로 몬스터 레이드에 나선다는 흥분과 죽을지

도 모른다는 두려움이 섞인 아주 오묘한 표정을 짓고 있었다.

하지만 교관들은 전부 긴장한 듯 딱딱하게 굳은 표정이었다.

예비대 헌터들이 죽지 않도록 세심하게 신경 쓰는 게 교관들의 몫이기 때문이었다.

"전원 차렷!"

채치수 교관은 멀리서 문세윤 교육부장의 모습을 발견하고 소리쳤다.

그러자 줄을 맞춰 선 예비대 헌터들은 꼼지락대던 걸 멈추고 부동자세를 취했다.

마치 잘 훈련된 정예병처럼 절도 있는 모습이었다.

임시로 마련된 단상 위로 오른 문세윤은 예비대 헌터들을 훑어봤다.

그러고 나서 천천히 입을 열었다.

"드디어 오늘이 왔다. 그동안 센터에서 홀로그램을 상대로 훈련만 하느라 좀 지루했을 것이다."

그걸 듣던 재식은 표정이 굳어졌다.

'제 몫을 다할 수 있을까?'

재식은 아직 능력을 발휘할 때 따라오는 체력의 과소비 현상을 해결하지 못한 상황이었다.

낮에는 성신 길드의 훈련에 집중하고, 밤에는 몬스터 유전 형질의 발현에 능숙해지기 위해 연습을 게을리 하지 않았다.

꾸준히 능력 발현을 연습하면 체력 소비가 줄어들고 능력 유지 시간이 길어지리라 여겼기 때문이다.

하지만 정말 조금도 나아지지 않았다.

연구소에서 측정한 능력의 최대 발현 시간은 한 시간 정도였다.

한 시간 동안 능력을 발현하면 격렬한 운동을 쉬지 않고 한 것처럼 탈진해 쓰러졌다.

하지만 그건 가만히 누워서 측정한 결과였고, 전력을 다해 움직이면 30분이면 체력이 바닥나 능력을 유지할 수가 없었다.

지금까지 단 1분도 능력 유지 시간을 늘릴 수 없었다.

더 큰 문제는 한 번 바닥난 체력이 회복되는 속도가 무척 더디다는 점이었다.

재식은 보디빌더들이 먹는 보충제를 먹어보기도 했지만 효과는 미미했다.

먹지 않았을 때보다 조금 빠르게 체력이 회복되는 정도에 불과했다.

열 시간 동안 충분한 영양을 섭취하고 푹 휴식해야 완벽하게 체력이 회복되는데, 그걸 겨우 한 시간 정도 줄여주는 것이다.

하지만 꾸준히 체력 회복 시간을 줄이기 위해 고민한 끝에 해결책을 발견할 수 있었다.

그건 바로 급속 외상 치료제인 포션이었다.

그걸 알아낸 계기는 별거 아니었다.

혼자 능력 발현 시간을 늘리기 위해 훈련을 진행한 재식은 체력이 방전돼 걸을 힘조차 없었다.

그런 그의 눈앞에 헌터 장비 대여점의 이벤트로 당첨돼 선물 받은 포션이 우연히 보였을 뿐이었다.

한 병에 백만 원이나 하는 비싼 물건이지만, 뭐라도 마시지 않으면 몸을 일으키기도 힘들 것 같았다.

그래서 혹시 효과가 있을지도 모른다며 자기 합리화를 하며 포션을 단숨에 들이켰다.

그런데 웬걸, 마신 지 몇 초가 지나지 않았는데, 당장 몸을 움직여도 아무렇지 않을 정도로 몸 상태가 좋아졌다.

재식은 혹시라도 플라세보 효과는 아닌지 다급히 헌터 브레슬릿을 확인했다.

그러자 사용자의 상태가 좋지 않다며 붉은빛으로 경고하던 브레슬릿은 위험 수준인 파란빛으로 재식의 상태를 표시했다.

뭐, 빠른 체력 회복 수단을 발견한 건 기뻤지만, 재식은 순수하게 기뻐할 수만은 없었다.

최하급 포션의 가격이 병당 백만 원이었다.

헌터가 돈을 잘 버는 축에 속하는 직업이지만, 백만 원은 이제 막 중급 헌터가 된 재식에게 적은 돈은 아니었다.

그러니 이 방법은 쉽게 사용할 수 없었다.

그래서 재식은 포션 외에 체력을 회복시켜줄 만한 약과 보조제를 구입해 먹어봤다.

하지만 그 어떤 것도 포션만큼의 효과가 나타나지는 않았다.

'후우, 포션보다 싸고 효과가 좋은 걸 찾아내야 할 텐데, 뭐가 없을까?'

재식은 문세윤 부장의 연설을 한 귀로 듣고 한 귀로 흘리면서 딴생각을 떠올렸다.

그러나 어느 누구도 재식을 나무라는 사람은 없었다.

그도 그럴 것이, 재식은 예비대의 헌터들 중 가장 늦게 합류한 인원이고, 훈련 기간도 짧아 주목받을 일이 없기 때문이었다.

*　　　*　　　*

일렬로 달리던 차량들이 공터에 들어서자 시동을 끄고 멈춰 섰다.

"모두 하차!"

훈련 교관인 채치수와 다른 교관들이 먼저 차에서 내리며 소리쳤다.

그러자 헌터들은 익숙한 듯 신속하게 움직여 차량에서 내려 미리 정해진 파티별로 모였다.

그러자 총 열두 명으로 구성된 세 개의 파티로 헌터들이 나뉘었다.

이제 곧 각 파티마다 인솔 교관이 한 명씩 붙어서 열세 명의 인원으로 던전 안을 탐사할 터였다.

재식은 긴장을 풀기 위해서인지 엉뚱한 생각을 떠올렸다.

'다들 던전이라고 부르지만, 엄밀히 말하면 몬스터 서식지 아닌가.'

던전은 사람들이 부르기 편하게 멋대로 갖다 붙인 명칭이었다.

대격변을 일으킨 디멘션 게이트는 일정 시간이 지나면 몬스터를 토해냈다.

그걸 게이트 브레이크라 부르는데, 이때 나온 몬스터들 중에는 자신이 선호하는 환경을 찾아 터를 잡는다.

그렇게 몬스터가 보금자리를 만들면 주변 지역은 점점 몬스터가 살기 편한 환경으로 바뀌었다.

일례로 도심 한복판에서 게이트 브레이크가 발생한 지역이 순식간에 밀림으로 변하는 일이 발생했다.

어떤 곳은 숲이 하루아침에 늪으로 변한 곳도 있었다.

하지만 변화에도 어느 정도 한계가 존재하는지 산이 바다로 변한다거나 강이 용암으로 바뀌는 일은 벌어지지 않았다.

다만, 그런 환경에 서식하던 몬스터가 용암이 흐르는 곳을 찾아 땅을 파고 들어가 화산이 분출한 일은 있었다.

그걸 본 사람들은 몬스터가 자리를 잡아 환경이 변한 지역을 뭉뚱그려 던전이라 불렀다.

한 번 던전이라 불려지자, 그게 어울리지 않는다는 걸 알면서 나서서 바꾸자고 말하는 사람은 없어다.

그렇게 몬스터 서식지를 던전이라 부르는 게 정착되었고, 이런 던전들은 몬스터 종류나 위험 등급에 따른 분류를 하였다.

'원래 사람들은 순위를 매기는 걸 좋아하니까.'

노래만 봐도 얼마나 많이 다운로드 되었는지, 라디오에서는 얼마나 노출됐는지 등을 따져 순위를 매겼다.

영화는 관객이 얼마나 많이 봤는지, 얼마의 매출을 달성했는지 등으로 순위를 정했다.

그러다 보니 인간들은 몬스터의 순위를 따져 보는 일을 주저하지 않았다.

물론, 용감한 누군가 몬스터를 상대한 뒤 순위를 매긴 건 아니었다.

여러 몬스터 학자들과 헌터들이 머리를 맞대고 분류한 결과로 몬스터의 등급이 나뉘었다.

하지만 초창기에는 개체별로 차이가 있어서 자주 순위가 바뀌기도 했다.

여러 해가 지나면서 많은 데이터가 쌓인 지금은 그런 일은 아주 드문 일이 됐다.

즉, 비교적 정확한 순위가 결정됐다는 뜻이었다.

현재 성신 길드 예비대가 실전 훈련 장소로 삼은 던전은 세계 헌터 연합 분류에 따라 위험 분류 3급이었다.

그냥 3급도 아니었고, 동급 던전 중에서도 위험도가 낮은 편이었다.

보스 몬스터가 없는 군집 생활을 하는 몬스터가 자리 잡은 던전이기 때문이었다.

무리를 이끄는 몬스터가 없다는 것만으로도 중급 헌터로 이뤄진 팀을 운영하는 성신 길드에게 그리 위험하지 않는 장소였다.

"이번에 너희가 사냥할 몬스터는 오크다."

선임 교관인 채치수는 던전의 정보를 전파했다.

오크는 위험 분류 2등급에서 5등급까지 개체의 차이가 극명한 몬스터였다.

재식은 이번 실전 훈련이 만만치 않다는 걸 알게 되자 인상을 찌푸렸다.

오크는 생김세가 조금 다르지만 인간과 무척 흡사했다.

두 발로 서서 양손으로 도구를 사용할 뿐만 아니라 그들만의 언어도 있었다.

게다가 나무와 돌을 이용해 원시적 건물을 짓고, 방책도 세울 줄 알았다.

그만큼 오크의 부락을 습격하는 건 쉬운 일이 아니었다.

"저 안에 있는 건 몬스터다. 너와 네 가족을 위협하는 존재라는 걸 명심해라."

채치수는 던전 안에 들어가기에 앞서 헌터들에게 수행해야 할 임무를 강조했다.

"부락을 공격하다 보면 오크의 암컷이나 새끼들을 발견할 수 있을 것이다. 절대 자비를 베풀지 마라. 죽이지 않으면 죽는다는 것만 명심해라."

오크는 사냥과 전투를 위해 존재하는 생명체였다.

그렇기에 오크의 성장은 인간에 비해 무척이나 빨랐다.

인간이 다 자라는 데 20년 가까이 걸린다면, 오크는 불과 5년이면 덩치가 성체와 비슷해진다.

이후 7년 정도면 제 몫을 하는 한 마리의 오크가 된다.

이걸 그대로 방치하면 오크의 부락은 대규모 군대를 이룰 정도로 수가 폭발적으로 증가한다.

그래서 정기적인 토벌이 꼭 필요했다.

"그동안 배운 걸 잊지 말고, 그대로 행하면 이번 실전 훈련은 부상자 한 명 없이 성공할 수 있을 것이다."

채치수는 자신을 주시하는 헌터들을 굳은 표정으로 마주

봤다.

"모두 실수 없이 제 역할을 하기 바란다. 이상!"

채치수의 연설이 끝났다.

하지만 그의 바람과 다르게 헌터들은 조금 긴장이 풀린 듯 입가에 미소를 띤 이들도 보였다.

오늘 상대할 몬스터는 겨우 오크였다.

다른 때라면 같은 3등급이라도 강력한 보스 몬스터를 주로 상대했다.

보스 몬스터 한 마리지만, 한 개체의 능력이 뛰어나기 때문에 실수라도 했다가는 그대로 목숨을 잃을 수 있었다.

그런데 수가 많아서 힘들 뿐인 오크를 상대한다니 크게 부담되지 않았다.

약간을 실수를 하더라도 목숨을 위협할 정도의 부상을 입지도 않을 터였다.

관악산은 개성의 송악산, 파주의 감악산, 포천의 운악산, 가평의 화악산과 더불어 경기오악이라 불렸다.

서울의 남쪽 경계를 이루고 있으며, 높이는 해발 고도 629m로, 한때는 등산객으로 연일 붐비던 산이었다.

하지만 대격변 이후 10년에 조금 못미치는 어느 날, 이곳에 돌발 게이트가 나타났다.

너무 순식간에 벌어진 일이라 사람들이 돌발 게이트를 발견했을 때는 이미 게이트 브레이크가 벌어진 뒤였다.

그나마 다행이라면 대격변 이후 사람들의 왕래가 줄어 큰 인명 피해가 발생하지 않았다는 것이었다.

하지만 안타깝게도 산악 관리원과 옛 정취를 찾아 산을 방문한 몇몇 사람들이 변을 당했다.

게이드 브레이크로 나온 오크들은 아주 쉽게 그곳에 터를 잡았다.

오크들은 옛 서울대학교 자리를 점령하고 세를 불렸다.

넓은 부지에 작지만 계곡에 흐르는 물고 가까이 있기에 오크들이 자리를 잡는 데는 안성맞춤이었다.

오크가 캠퍼스 부지에 자리를 잡자 벽돌과 콘크리트, 아스팔트로 덮인 인간의 흔적은 점점 사라지고 나무들이 자라났다.

뿐만 아니라, 원래 629m에 불과했던 관악산은 성장기를 거치는 것처럼 점점 높아지더니 지금은 한라산보다 높은 2,378m까지 높아졌다.

몬스터가 터를 잡으면 주변 환경이 바뀌는 건 몇 차례 보고가 있었지만, 이렇게 큰 차이를 보이는 건 보고된 적이 없었다.

대한민국 헌터 협회는 주거지 인근에 몬스터가 터를 잡자 토벌을 감행했다.

하지만 토벌은 쉽지 않았다.

그 이유는 관악산에 자리잡은 몬스터가 오크이기 때문이었다.

민간 거주지가 가까워 인명 피해가 발생할 터지만, 오크를 토벌하는 건 헌터들에게 수지타산이 맞지 않았다.

큰 돈이 되지 않는 오크 따위를 잡기 위해 나설 고레벨 헌터들은 없었다.

그래서 어쩔 수 없이 헌터 협회는 저렙 헌터들을 동원할 수밖에 없었다.

그런데 어찌 된 일인지 한 번 토벌한 뒤 시간이 지나면 어느새 오크들이 나타나 자리를 잡았다.

그러다 보니 관악산의 오크 서식지는 오크 캠프라 불리는 던전이 되어버렸다.

주기적으로 토벌하지 않으면 오크는 급격히 세를 불리기 때문에 대한민국 헌터 협회는 오크에 현상금을 걸고 헌터들의 오크 토벌을 유도했다.

그 외에도 헌터 협회는 길드에 오크 토벌을 요청했는데, 헌터 길드가 예비 전력인 헌터들의 훈련장으로 삼으려던 계획과 우연히 맞물렸다.

여러 길드가 돌아가며 오크 캠프를 토벌하기 시작했는데, 오늘은 성신 길드의 차례였다.

"오크라고 방심하지 마라."

채치수는 앞서서 걸어가는 헌터들에게 작게 주의를 줬다.

그동안 자신의 손을 거쳐간 헌터의 수만 백 단위였다.

오늘 상대할 몬스터가 오크라는 걸 안 순간, 예비대 헌터들이 긴장을 풀었다는 걸 모를 리가 없었다.

채치수는 오크가 위험 등급은 낮아도 결코 만만한 상대가 아니니, 충분히 주의할 필요가 있는 몬스터라는 걸 계속해서 헌터들에게 주입시켰다.

세계 헌터 연합에서 오크의 위험 등급을 하나에 한정 짓지 않고 2등급에서 5등급까지 넓게 분류한 이유가 있었다.

오크는 태생부터 인간보다 우월한 신체 능력을 가진 채 태어난다.

일대일로 성체 오크를 상대하려면 중급 헌터의 기준인 30레벨을 넘겨야 겨우 상대가 가능했다.

그것도 일반 오크를 상대한다는 가정 하에 나온 데이터였다.

일반 오크 위에는 전투 경험이 풍부한 오크 전사가 있었다.

오크 전사는 40레벨 정도의 헌터가 되어야 상대 가능했다.

그러나 오크 전사 위로도 대전사와 오크 족장이 있었다.

게다가 단 한 번 목격됐지만, 오크 족장 위로도 대족장이 있었다.

8년 전, 중국에서 발생한 오크 군단의 등장은 전 세계에 소형 몬스터의 위험을 알리는 계기가 됐다.

중국은 넓은 땅 때문에 감시의 눈길이 닿지 않는 곳이 많았다.

제때 토벌되지 않은 오크는 무리를 지었고, 칭하이성과 쓰촨성 중간 지역에서 대규모의 군단을 이뤄 모습을 드러냈다.

무려 10만에 달하는 어마어마한 수의 대군이었다.

18억 중국 인구에 비교하면 별거 아닐지도 모르지만, 다른 몬스터도 아니고 중급 헌터에 해당하는 오크만 10만이었다.

그 안에는 일반 오크만 있지는 않았을 테니, 실제론 10만 이상의 전력을 보유한 셈이었다.

뒤늦게 알려지기로는 오크 족장만 다섯 마리가 넘었고, 도저히 오크로 보이지 않는 덩치의 오크도 있었다는 증언이 나왔다.

그 오크는 크기만 3m가 넘었다.

그건 트롤보다도 더 크다는 말이었다.

세계 헌터 연합은 이 덩치 큰 오크를 대족장이라 불렀다.

중국 당국은 급하게 인근 지역을 재난 지역으로 선포하고 주민 대피령을 내렸다.

그와 동시에 두 성의 주둔군에 비상을 걸었다.

주둔군은 헌터로 구성된 특전국 사단을 투입했다.

쓰촨성 3만 5천 명, 칭하이성 2만 8천 명, 총 6만 3천 명의 특전군이 오크를 상대하기 위해 파견됐다.

하지만 중국 특전군은 전멸하고 말았다.

사실 애초에 게임이 되지 않는 일이었다.

중급 헌터 수준인 오크를 어중이떠중이를 모아 상대하려 했으니 당연한 결과였다.

중국 당국은 자신들이 오크들을 너무 무시했다는 것을 깨닫고 뒤늦게 중국 내의 여유 헌터들을 전부 소집했다.

중국은 땅이 넓다 보니 관리해야 할 게이트의 숫자도 많았다.

전국의 여유 인원들의 수는 13만 명이이었다.

중국 정부는 집결한 13만 명의 헌터들을 보며 자신했다.

하지만 결과는 예상과 다르게 이번에도 중국 헌터들의 패배로 끝났다.

이번에는 중국 헌터들이 수적으로 우세했음에도 토벌에 실패하고 말았다.

그런데 어처구니없는 것은 6만 3천 명의 특전군과 13만 명의 중국 헌터들이 대접전을 벌였는데, 오크 군세의 수는 5만 마리가 줄었을 뿐이다.

이에 오크의 전력이 기존에 알려진 것에 비해 월등히 높다는 판단에 중국 정부는 급히 쓰촨성 일대에 긴급 대피령을 내리고 쓰촨성을 버렸다.

그리고 더 이상의 피해를 막기 위해 오크 군세가 운집한 간쯔현에 10㎑ 전술핵 일곱 발을 터뜨렸다.

전술핵 세 발이면 충분했다는 평이 지배적이었지만, 중국 정부에게 두 차례의 토벌에도 불구하고 아직도 많은 수가 남은 오크 군세는 엄청난 공포의 대상이었을 것이다.

전 세계를 놀라게 한 오크 근세는 핵폭탄 공격으로 전멸했다.

하지만 간쯔현은 인간은 물론이고, 생명체가 살 수 없는 곳이 되었다.

이 사건으로 오크가 숫자를 불렸을 때 닥칠 위기를 알게 된 세계 각국의 지도자들은 관계 부서는 물론이고, 민간에도 오크에 대한 특별 담화를 발표했다.

혹시라도 오크를 보게 되면 무조건 군이나 경찰, 그리고 헌터 협회 어느 곳이든 신고하라고 말이다.

그리고 각국 헌터 연합에서는 오크 서식지에 대한 위험 등급을 보다 철저하게 조사해 등급을 매겼다.

핑, 핑.

몇 되지 않는 성신 길드의 원거리 딜러들이 몬스터용으로 제작된 활로 화살을 날렸다.

이들의 표적은 부락 망루에서 경계를 서던 오크들이었다.

오늘 목적은 오크 부락의 토벌이기에 피해를 줄이려면 습격을 들키지 않는 게 무엇보다 중요했다.

더욱이 정찰 결과 부락에 주둔한 오크의 수가 오늘 훈련을 나선 예비대의 수보다 훨씬 많은 120여 마리에 달했다.

암컷 오크와 새끼 오크까지 하면 160여 마리까지 늘어날 터였다.

망루의 오크들이 동시에 목숨을 잃자, 근접 딜러 헌터들이 빠른 속도로 나아가 부락의 입구 근처에 매복했다.

토벌에 동행한 교관들은 화살이 날아가는 소리가 들리자, 사냥이 시작됐다는 걸 알아차렸다.

교관들은 헌터들이 가르침 받은 전술대로 행동하는지, 혹시 실수를 하는 건 아닌지 꼼꼼하게 관찰했다.

오늘 오크 캠프에서 이들이 사용할 전술은 무척이나 간단했다.

원거리 딜러들이 경비를 서는 오크들을 처리하면, 부락 안의 오크들이 눈치를 채고 부락을 나설 게 뻔했다.

그때 근접 딜러들이 오크들을 기습할 예정이었다.

물론 수적으로 불리하지만, 주어진 환경을 활용하면 충분히 상대 가능했다.

오크들이 주둔한 부락의 입구가 좁았다.

만약 출입구가 넓거나 아예 개방이 된 형태였다면 이런 작전은 짤 수 없었을 것이다.

다행히 오크들은 안전을 위해 입구를 좁게 만들었고, 한 번에 다섯 마리 이상의 오크가 동시에 나올 수 없을 정도였다.

망루의 오크가 죽자, 캠프 안에서 오크들이 괴성을 내지르며 분주한 움직임이 감지됐다.

그놈들도 적이 습격해 왔다는 걸 알아차린 모양이었다.

잠시 후, 엉성한 가죽을 몸에 두르고 조잡한 쇠도끼를 한 손에 쥔 오크들이 부락을 뛰쳐나왔다.

오크들은 맹수가 먹잇감을 겁주듯 크게 소리쳤다.

하지만 중급 헌터인 성신 길드의 헌터들은 너 나 할 것 없이 속으로 코웃음을 쳤다.

선두로 부락을 나선 오크가 200m 정도 떨어진 곳에서 화살을 겨누는 성신 길드의 헌터를 발견하고 도끼를 들어 습격자의 위치를 알렸다.

그러자 뒤따르던 오크들이 일제히 방향을 틀어 함성을 내지르며 원거리 딜러들을 향해 달렸다.

크아앙!

소형 몬스터에 속하는 오크는 상당한 덩치를 자랑했다.

다 자란 오크는 2m에 이를 정도로 컸으며 상체 근육은 마치 보디빌더의 우람한 근육을 떠올릴 정도로 강한 느낌을 줬다.

하지만 발달한 상체에 비해 하체는 너무 빈약했다.

그런데 의외인 것은 그렇게 짧고 빈약한 다리로 무척이나 빠른 속도로 달릴 수 있다는 것이었다.

그렇지만 이를 지켜보는 헌터들 중 어느 누구 하나 두려워하는 이는 없었다.

아무리 오크가 빠르게 달려도 200m라는 거리는 쉽게 좁힐 수 있는 거리가 아니었다.

선두에 선 오크들이 헌터들이 숨어 있는 인근에 도착했다.

그 순간, 헌터들이 일제히 기습을 감행했다.

"하압!"

"이얏!"

헌터들은 힘을 짜내려는 듯 갖가지 기합을 내지르며 오크들을 공격했다.

오크들은 생각지도 못한 기습에 당황해 소리를 질렀다.

기습당한 오크들이 비명을 지르며 쓰러지자, 헌터들은 다음 목표를 찾아 움직였다.

오크들은 무질서한 상태에서 기습을 당하자 별다른 저항도 못하고 허둥지둥거렸다.

단숨에 오크의 수를 절반이나 줄인 헌터들은 빠르게 나머지 오크들의 목숨도 거둬들였다.

10. 평가

오크 캠프에서 첫 공격은 계획대로 순조롭게 진행됐다.

성신 길드의 예비대는 어떤 피해도 입지 않고, 순식간에 60여 마리의 오크를 사살했다.

"시작이 좋군. 이대로만 해주면 걱정할 필요는 없겠어."

헌터들을 지켜보던 채치수가 혼잣말로 중얼거렸다.

그러자 그 옆에 서 있던 이기섭 교관이 미소를 지으며 맞장구를 쳤다.

"그러게 말입니다. 하지만 아직 60여 마리가 더 남았습니다. 헌터들의 실력을 볼 수 있는 건 지금부터겠죠."

채치수는 자신의 혼잣말에 대꾸한 이기섭을 돌아보며 피

식 웃었다.

"그래봐야 오크에 불과해. 명색이 성신 길드의 헌터라면 이 정도는 아무렇지 않게 상대해야지."

"그것도 그렇습니다."

채치수와 다른 두 명의 교관은 오크 부락이 내려다보이는 바위 위에서 앞으로 벌어질 상황을 두고 말을 주고받았다.

"심심하면 나랑 내기라도 할 텐가? 나는 저 오크 부락을 정리하면서 부상자가 발생하지 않는다는 쪽에 걸겠네."

"에이, 아직 나오지 못한 오크들이 밖의 상황을 파악했을 테니, 부락 안에서 준비하고 기다릴 겁니다."

"그래서 부상자가 생길 거다?"

"뭐, 작은 생체기 정도는 생기겠죠."

이기섭은 어깨를 으쓱해 보이며 말을 이었다.

그는 겨우 오크 따위에 당할 정도로 헌터들을 나약하게 가르치지 않았다고 여겼다.

하지만 자잘한 부상까지 없지는 않을 것이라 판단했다.

"그럼 그쪽에 걸어. 나는 작은 생체기도 나지 않는다는 데 걸지."

"지금 진입하려는 것 같은데요."

이기섭은 슬쩍 말을 돌리며 채치수와의 내기를 피했다.

예전에도 내기 조건을 모르는 상황에서 덜컥 그의 제안에 응했다 피를 본 게 한두 번이 아니었다.

"싫으면 싫다고 말을 하면 될 것이지……."

채치수는 시선을 거둬 예비대를 바라봤다.

예비대 헌터들은 밖으로 유인한 오크를 도살하고, 오크 부락에 진입하기 전에 전열을 가다듬고 있었다.

"슬슬 이동하시죠. 자세히 보려면 망루 위가 좋지 않겠습니까?"

각 파티를 이끄는 헌터들이 모여 작전을 구상하는 걸 발견한 이기섭이 채치수에게 제안했다.

"그럼 1안으로 가는 건가?"

재식은 거친 숨을 몰아쉬며 각 파티의 장들이 모여 빠르게 의견을 주고받는 걸 지켜봤다.

아무리 몬스터라지만 오크는 그런대로 지능이 있어서 전술을 이해하고 실행할 수 있었다.

아마 지금쯤이면 자신들이 유인당했다는 걸 알아차리고 부락 안에 숨어서 기다리고 있을 게 분명했다.

그러니 무턱대고 부락 내부로 진입해 오크들이 유리한 상황에 처할 이유가 없었다.

파티장들은 여러 안을 제시했지만, 가장 먼저 언급된 방법으로 오크를 상대하자고 결론 내렸다.

재식이 속한 제1파티는 부락의 정면으로 진입해 오크를 상대하고, 제2파티와 3파티는 목책을 넘어 기습을 가하기로 했다.

제2파티와 3파티에는 원거리 딜러가 있기 때문에 목책 위에 설치된 망루를 점거하는 게 중요하다는 판단하에 수립된 작전이었다.

파티장들은 각자 파티원들에게 다시 한 번 작전을 숙지시켰다.

그러고 나서 헌터들은 작전 개시 지점으로 흩어졌다.

"고!"

제1파티의 장이 크게 소리쳤다.

그러자 좌우로 퍼진 제2파티와 3파티가 움직였다.

"우리가 가장 먼저 진입해야 한다. 서둘러!"

신호를 보내는 동시에 앞으로 뛰쳐나간 파티장이 파티원들을 독촉했다.

정면에서 시선을 끄는 게 목적인데, 다른 파티들에 비해 뒤처질 수는 없기 때문이었다.

"크엉!"

예비대의 헌터들은 오크 부락에 도달하기 전에 맹수의 유전자를 활성화시켰다

제1파티의 헌터들은 갈색 곰의 유전자 앰플을 시술받았는지, 순식간에 덩치가 커졌다.

제2팀과 3팀은 회색 늑대와 표범의 앰플을 시술받은 헌터들이었다.

갈색 곰으로 변신한 헌터들이 부락 안으로 진입했다.

그러자 덩치가 큰 곰들의 출현에 부락 안의 오크들이 동요하며 주춤주춤 물러섰다.

그 직후, 목책을 타고 넘은 늑대와 표범이 등장하자, 오크들은 큰 혼란에 빠지고 말았다.

정면으로 들어오는 인간들을 막고, 머리 위에서 공격을 퍼부으려던 작전이 실패로 돌아갔기 때문이리라.

곰들은 주춤주춤 물러서는 오크들을 향해 겁 없이 돌진했다.

늑대와 표범들은 목책 위에서 대기 중이던 오크들을 하나씩 정리했다.

그 틈에 망루를 점거한 헌터들이 화살을 날려 댔다.

구룩크아아앙!

정문을 향해 서 있던 오크들 중 족장으로 보이는 개체가 크게 고함을 질렀다.

재식은 오크의 언어를 알아들을 수 없었지만, 대충 물러서지 말고 싸우라는 의미이리라 판단했다.

아니나 다를까, 오크들이 한목소리로 박자를 맞춰 함성을 질렀다.

구룩! 구룩! 크앙!

구룩! 구룩! 크앙!

오크들은 그들만의 언어로 사기를 고취시키더니, 헌터들

을 향해 용맹하게 돌진했다.

하지만 제2파티와 3파티가 목책을 점령하면서 전세는 크게 기운 뒤였다.

처음부터 흥분하지 말고 차분하게 대비했더라면 충분히 막아낼 수 있었을 것이다.

그만큼 오크 120여 마리는 엄청난 전력이었다.

하지만 솔직히 오크에게 이성적으로 행동하는 건 불가능한 일이었다.

즉흥적인 성향이 강한 오크가 적의 기습을 당했을 때, 부락 안에 처박혀 적의 동태나 살필 정도로 온순한 몬스터는 아니었다.

전투가 벌어지면 우선 달려들고 보는 게 오크의 특징이었다.

오크 족장은 어떻게든 휘하 오크들을 지휘해 헌터들을 상대하려 고래고래 소리쳤지만, 이미 기울어진 전세를 뒤집을 수는 없었다.

재식은 제1파티의 헌터들이 오크들과 충돌한 뒤 한 박자 늦게 전장에 합류했다.

그도 그럴 것이, 다른 파티원들은 모두 맹수의 유전자 앰플을 시술을 받아 육체적으로 인간보다 월등한 능력을 가졌다.

그에 비해 재식은 맹수의 유전자가 아닌 슬라임의 유전자만 활용할 수 있었기에 다른 파티원들보다 항상 늦을 수밖에 없었다.

하지만 늦었다고 한탄만 하고 있을 틈은 없었다.

재식을 등진 헌터의 뒤에서 한 마리 오크가 머리 위로 쇠도끼를 들어 올렸다.

재식은 달려오던 그대로 오크에게 몸을 날려 오른손에 쥔 카타르를 오크의 견갑골 아래로 찔러 넣었다.

"크락!"

오크는 등을 찔리며 손아귀에 힘이 풀렸는지, 들어 올리던 도끼를 놓치고 말았다.

그 틈에 재식은 왼손에 쥔 카타르를 오크의 목에 틀어박았다.

오크의 몸에서 힘이 빠져나가는 걸 느낀 재식은 카타르를 뽑아내며 주위를 살폈다.

다른 동료들은 일대일, 많게는 혼자서 세 마리의 오크를 압도하며 전투를 벌이고 있었다.

하지만 재식은 일대일이 한계였다.

비록 유전자 변형 시술을 받았지만, 다른 동료들에게는 못 미쳤다.

오크에게 둘러싸이면 바로 목숨이 위험한 상황으로 이어질 게 빤했다.

그렇기에 재식은 철저히 실리를 챙기는 전투를 지향할 수밖에 없었다.

재식은 최대한 동료 헌터들의 움직임을 확인하며, 동선이 겹치지 않게 움직였다.

그건 마치 난전 속에서 암살자가 활약하는 모습을 보여주는 것 같았다.

재식은 동료 헌터를 공격하려던 오크에게 접근해 기습을 가하든지, 자신을 인식하지 못한 오크에게 다가가 숨통을 끊는 방식으로 빠르게 오크의 수를 줄여 나갔다.

그런 재식의 전투를 멀리서 교관들이 주시하고 있었다.

목책 밖 바위 위에 있던 교관들은 어느새 목책 위에 자리를 잡고 혼전이 벌어지는 전장을 내려다보고 있었다.

재식이 빠르게 오크의 수를 줄여나가자 오크와 헌터의 수가 같아졌다.

그러자 한결 편해진 헌터들은 힘으로 오크를 몰아붙여 빠르게 오크를 정리해 나갔다.

"흠, 문성식이 확실히 실력이 늘었네요."

헌터들을 살피던 이기섭이 눈을 반짝이며 말을 꺼냈다.

문성식은 현재 제1파티의 장을 맡은 헌터의 이름이었다.

그는 갈색 곰의 유전자 앰플을 시술받은 헌터로 재능은 이지웅에 비해 떨어지지만 전술 이해도는 이지웅보다 조금 나았다.

교관들의 관심을 받기에 충분한 인재였다.

"문성식의 실력이야 이미 정평이 나지 않았던가?"

"맞습니다. 팀 비스트의 예비 멤버로 거론되고 있을 정도입니다."

문성식은 교육을 마치면 심사를 통과하고 팀 비스트에 합류할 가능성이 높았다.

"그나저나, 정재식 헌터가 안 보이는 것 같은데……."

채치수는 문세윤이 언급한 헌터를 찾아 오크 부락 내부를 둘러봤다.

하지만 어째서인지 그의 모습을 찾을 수가 없었다.

"제1파티 소속이니까, 문성식 근처를 살펴보면 되지 않을까요?"

이기섭은 말을 이으며 채치수에게 재식의 위치를 알려주기 위해 전장을 살폈다.

"아, 저기 있네요."

이기섭은 눈을 부릅뜨고 제1파티 인원들 근처를 살피다, 빠르게 움직이는 인형을 하나 발견했다.

채치수는 이기섭이 가리키는 방향으로 고개를 돌렸다.

그러자 다른 헌터들이 모두 변신한 상태에서 전투를 벌이는데, 혼자만 변신하지 않은 상태에서 오크들과 싸우는 재식의 모습을 발견할 수 있었다.

채치수는 자신이 재식을 발견할 수 없던 이유를 금방 깨달았다.

그는 빠르게 움직이는 건 물론이고, 동료들의 주변에 숨거나 오크 무리 사이를 파고들어 자취를 감추며 오크를 암살하고 있었다.

"허, 저건 좀 아니지 않나요?"

재식의 전투를 지켜보던 이기섭이 너무 황당했는지, 탄식을 내뱉었다.

그건 채치수도 마찬가지인지 미간을 좁혔다.

"시선을 동료가 붙잡는 동안 오크를 기습한다라… 나쁘지는 않지만, 좋지도 않군요."

최상준 교관이 두 사람이 주목하는 헌터를 지켜보다 자신의 판단을 거침없이 말했다.

"아니, 저건 안 좋은 거지."

그러자 이기섭은 단호하게 그의 말을 정정했다.

전투 상황에서 변신을 하는 건 성신 길드의 헌터들에게 당연한 일이었다.

그런데 재식은 변신조차 하지 않고 동료를 방패 삼아 오크를 공격하는 데 집중하고 있었다.

이기섭은 그런 이기적인 재식의 행동이 마음에 들지 않았다.

그건 채치수도 동감하는 부분이었다.

재식이 취한 행동은 전투가 아니라 동료의 등에 업혀 가는 것이나 매한가지였다.

얼핏 보면 재식은 성신 길드 교육부에서 가르친 전술적 움직임대로 전투를 수행하는 것으로 보일 수 있었다.

하지만 파티 사냥이라는 건 다른 동료를 미끼로 이용하는 게 아니라, 서로 협력해 빠르고 정확하게 몬스터를 사냥하는 게 목적이었다.

빠르게 오크의 수를 줄이는 게 언뜻 좋아 보일 수 있지만, 그건 결과에만 집중해 저지를 수 있는 오판에 불과했다.

"나는 잘하고 있는 걸로 보이는데, 왜 그렇게 비판적이야? 그런데 왜 변신하지 않고 오크를 상대하는 거지?"

최상준은 고개를 갸우뚱했다.

"아, 그건 다 이유가 있어. 혹시 소문에 둔감한 편이냐?"

"소문? 저 헌터가 변신하지 않는 이유랑 길드 내에 돌던 소문이랑 관계가 있어?"

최상준은 도통 모르겠다는 듯 인상을 찌푸렸다.

생체 실험을 당해 몬스터 유전자 앰플로 시술을 받았다는 것은 들었지만, 변신하지 않는 이유까지 설명되지는 않았다.

"제약 쪽 연구소에서는 그에게 능력을 사용하지 말라고 권고했대."

"뭐? 그럼 실패작입니까?"

재식이 슬라임 능력을 발현시키면 나타나는 부작용을 언급하기 귀찮은 이기섭은 대충 비슷한 추측이 나오자 고개를 끄덕였다.

"그런 셈이지."

"안타깝기는 한데……."

최상준은 재식을 다시 한 번 주의깊게 살폈다.

하지만 이내 고개를 절레절레 저었다.

"저래 가지고 레이드는 불가능하겠군요."

최상준은 재식에게 한 사람 몫을 다하지 못하는 헌터라는 평가를 내렸다.

"전술은 제대로 이해하고 있는 것 같은데, 다른 이의 뒤에 숨어야 하는 헌터는 성신 길드에 필요없지."

재식의 전투 장면을 관찰하던 채치수도 최상준 교관과 비슷한 평가를 내렸다.

동료를 적절히 이용해 적의 배후로 파고들어 적을 무력화시키는 솜씨는 칭찬받기 충분했다.

하지만 그의 발전 가능성이 보이지 않았다.

예비대 헌터가 늘 오크만 상대하는 건 아니었다.

트롤이나 그보다 상위 등급인 오거까지는 훈련 대상에 포함된다.

게다가 만년 예비대에 남아 있을 게 아니라면, 위험 분류가 높은 몬스터를 상대할 수 있을 만큼 성장해야만 한다.

한계가 뚜렷한 헌트를 길드에 잔류시킬 필요는 없었다.

그가 원해서 몬스터 유전자 앰플로 시술을 받은 건 아니지만, 그렇다고 언제까지 길드에서 부족한 헌터를 보듬어줄 수는 없었다.

헌터가 한 사람의 몫을 다하지 못하면, 그만큼 다른 헌터들이 부담을 떠안게 된다.

그건 레이드 실패로 이어지는 계기가 될 수 있었다.

헌터들에게 레이드 실패는 단순히 몬스터를 잡지 못하는 것으로 끝나지 않는다.

몬스터 레이드에는 막대한 자금이 투입되는 건 물론이고, 헌터의 목숨까지 담보로 행하는 일이었다.

그러니 누구라도 자신이 맡은 몫을 수행하며 어떤 돌발 상황에 처하더라도 굳건히 팀을 떠받칠 수 있어야 한다.

"벌써 한계가 보여서⋯⋯."

채치수는 고개를 설레설레 저었다.

정재식이란 헌터는 30대 레벨을 벗어나지 못할 게 분명했다.

"다들 어떻게 생각하십니까?"

"굳이 물어보실 것도 없죠."

"저도 마찬가지입니다."

이기섭이 먼저 대답하자, 최상준이 맞장구를 쳤다.

관악산에 자리 잡은 한 오크 부락은 헌터와 오크가 한데 뒤엉켜 아수라장이 펼쳐지고 있었다.

헌터들은 기를 쓰고 오크 부락을 토벌하려 했고, 오크들은 죽은 동족에 대한 복수심을 불태웠다.

"젠장, 오크 족장이 뭐 저렇게 강해?"

문성식은 다른 이들보다 주목받기 위해 자신을 공격하던 오크를 모두 죽인 뒤, 곧장 오크 족장에게 달려들었다.

그는 오크 족장 정도는 혼자서도 충분하다 여겼는데, 오크 족장은 특이 개체라도 되는지 생각보다 훨씬 강력했다.

오크 족장의 시선을 붙잡던 문성식이 뒤로 물러서자, 놈은 근처에서 오크를 상대하던 헌터를 향해 달려갔다.

"피해!"

"크악!"

불의의 기습을 당한 헌터는 다급히 오크 족장이 휘두른 도끼를 막았지만, 힘에 밀려 멀찍이 날아가 목책에 부딪히며 정신을 잃고 말았다.

"젠장, 두 명만 지원해 줘!"

문성식은 다시 오크 족장의 뒤를 쫓으며 크게 소리쳤다.

그는 오크 족장을 혼자 상대할 수 없다는 것을 깨닫자, 매일 훈련하던 레이드 방식으로 오크 족장을 공격하기로 마음먹었다.

하지만 처음에 기세 좋게 밀어붙이던 헌터들도 오크 족장을 호위하던 오크 전사들이 전장에 합류하자 크게 밀리기 시작했다.

당장 죽을 정도는 아니지만, 원활한 전투가 불가능할 정도의 부상을 당한 인원도 있었다.

오크의 숫자가 줄어든 만큼 부상자 수도 늘었다.

다들 오크 전사에 발이 묶인 상태라 문성식을 지원할 수 있는 건 오직 재식뿐이었다.

자신의 뒤를 따르는 게 재식 혼자라는 걸 알아차린 문성식은 상황이 생각보다 좋지 않다는 걸 느꼈다.

"부상당한 사람들은 뒤로 빠지고, 호위 인원 붙어. 1파티는 오크 족장을 전담한다. 나머지 오크는 다른 파티가 맡아!"

문성식은 작전을 하달하며 제1파티 멤버들을 불러 모았다.

그러자 다른 파티의 멤버들이 제1파티가 빠진 부담을 짊어졌다.

아니, 짊어지는 수준이 아니라 사력을 다했다.

제1파티 멤버들이 물러서자, 오크들은 족장이 위험해질 것이라는 걸 안다는 듯 거칠게 날뛰었다.

그걸 바라보던 재식은 마른침을 꿀꺽 삼켰다.

상황이 점점 악화되자 불안감을 느꼈기 때문이다.

물론, 예비대가 위험에 처하면 교관들이 나서서 상황을

정리하겠지만, 그전에 목숨을 잃을지도 모를 일이었다.

아직은 불리한 수준이라 생각해서 나서지 않는 것이겠지만, 그들의 판단이 틀릴 수도 있었다.

'맹수의 유전자 앰플을 시술받기만 했어도…….'

재식은 다른 헌터들 정도의 힘만 있었어도 상황을 반전시켜 볼 수 있으리라 생각하며 아쉬워 했다.

일반 오크들을 상대할 때는 상관없었는데, 오크 전사들은 빈틈을 노리기가 쉽지 않았다.

그러다 보니 단 한 번의 기회를 기다리며 동료들의 선전을 기대할 수밖에 없었다.

이에 재식은 빠르게 판단했다.

'최대한 빠르게 오크 족장을 처리해야 한다. 시간을 끌수록 위험해져.'

재식은 왼팔을 들어 헌터 브레슬릿을 확인했다.

브레슬릿의 화면에는 스스로 설정한 자신의 한계치가 표기돼 있었다.

'체력 게이지는 아직 70%. 아직 여유는 있어.'

동료를 이용해 직접적인 전투를 회피했지만, 위험한 상황이 없던 건 아니었다.

재식은 오크가 한눈파는 사이에 빠르게 접근해 놈의 숨통을 끊어 놓으려 했다.

그런데 갑자기 도끼가 재식을 향해 날아왔다.

다른 헌터가 오크의 공격을 막았는데, 오크가 도끼를 놓치면서 발생한 돌발 상황이었다.

재식은 너무 급작스런 상황에 놀라 슬라임의 유전자 특성을 활성화시켰다.

능력의 발동과 충격의 흡수.

단 한 번이었지만, 제식은 체력의 30%를 소모하고 말았다.

조금 피로감을 느끼게 됐지만, 지쳐 쓰러질 정도는 아니었다.

"놈을 포위하고 빠르게 사살한다. 늦어질수록 위험하다는 것만 알아둬."

문성식의 작전 지시에 따라 모인 1파티의 멤버는 재식을 포함해 다섯 명뿐이었다.

제1파티는 정면을 담당한 만큼 다섯 명의 부상자가 발생했고, 두 명은 부상자의 호위를 맡아야 했다.

하지만 문성식은 다섯으로도 충분하다 여겼다.

"신입, 긴장하지 말고, 배운 대로만 해!"

문성식이 재식에게 충고를 남기며 오크 족장에게 쇄도했다.

하지만 그가 휘두른 묵직한 일격은 오크 족장에게 쉽게 막혀 버렸다.

문성식은 반격을 대비해 빠르게 뒤로 물러났다.

그 틈에 남은 네 명은 오크 족장과 거리를 벌리고 서서 주변을 봉쇄했다.

크아아!

두 번이나 자신의 앞에 등장한 문성식이 마음에 들지 않았는지, 오크 족장은 괴성을 지르며 그를 쫓았다.

그러자 오크 족장의 오른쪽에 서 있던 헌터가 곧장 따라붙으며 놈의 시선을 끌었다.

'지금!'

재식은 오크 족장이 자신에게 다가오는 헌터를 노리고 공격을 하리라 예상했다.

그렇게 되면 오크 족장의 왼쪽에 서 있는 자신은 놈의 등을 노릴 수 있었다.

재식은 곧장 오크 족장을 향해 내달렸다.

아니나 다를까, 문성식을 쫓던 오크 족장은 달리던 걸 멈추고 오른손에 쥔 도끼를 머리 위로 들어 올렸다.

그러더니 자신을 따라붙는 헌터를 노리고 장작 패듯 도끼를 내려찍었다.

시선을 끄는 게 목적인 헌터는 오크 족장의 공격을 유도한 뒤, 옆으로 몸을 날려 공격을 피했다.

그사이 재식은 땅을 박차고 뛰어올라 놈의 목덜미를 노렸다.

하지만 오크 족장도 자신의 뒤에서 뭔가가 다가온다는 걸 느꼈는지, 돌아보려 했다.

재식은 얼른 오른손에 쥔 카타르를 휘둘러 오크 족장의 목을 베었다.

하지만 눈으로 재식의 공격을 인식한 오크 족장이 몸을 앞으로 숙이면서 살가죽만 살짝 베고 말았다.

공격에 실패한 재식은 중력이 몸을 끌어당기는 걸 느끼면서 착지할 바닥을 살폈다.

그런데 착지하고 나니, 무방비 상태로 노출된 오크 족장의 사타구니가 보였다.

'이대로 포기할 수는 없지!'

비록 사타구니가 한 번에 오크를 즉사시킬 수 있는 급소는 아니었다.

하지만 오크도 인간처럼 다리로 내려가는 주요 혈관들이 집중된 곳이었다.

재식은 카타르를 빠르게 휘둘러 오크의 살을 베었다.

크라락!

오크는 갑작스런 통증에 앞으로 나아가며 몸을 뒤로 돌렸다.

하지만 재식은 공격에 성공한 뒤 미련 없이 물러섰다.

"나이스, 재식!"

재식의 공격으로 왼쪽 허벅지 안쪽의 정맥을 베인 오크가 엄청난 양의 피를 흘렸다.

그뿐만 아니라 왼쪽 다리를 바닥에 질질 끌며 움직였다.

"왼쪽을 노려! 틈을 만들어!"

약점이 생기자 문성식은 동료들에게 작전을 전달했다.

재식을 비롯한 다섯의 헌터들은 차륜전을 펼치며 오크 족장을 끈질기게 괴롭혔다.

그러자 오크 족장의 움직임이 천천히 둔해졌다.

"다 비켜!"

문성식은 오크 족장이 왼쪽 발을 헛디디며 앞으로 고꾸라지자 그 절호의 기회를 놓치지 않았다.

오크 족장은 허겁지겁 몸을 일으켜 세웠다.

그러고 나서 고개를 드는 순간, 쩍 벌어진 곰의 아가리를 볼 수 있었다.

우드득.

문성식은 오크 족장의 목을 있는 힘껏 물었다.

목뼈가 부러진 오크 족장의 사지가 축 늘어졌다.

"퉤, 1파티 인원들 다시 합류한다! 빨리 정리하고 쉬자!"

입안에 들어온 오크의 피를 뱉어낸 문성식은 1파티 멤버들을 이끌고 다른 파티들을 지원하기 위해 전장에 합류했다.

재식은 오크 족장을 상대하며 가빠진 숨을 고를 새도 없이 1파티 멤버들 뒤를 쫓았따.

'하아, 지치지도 않는 건가?'

다른 멤버들은 크게 지친 기색이 없었다.

물론, 재식은 다른 이들과 보조를 맞추기 위해 조금 더 분주히 움직일 수밖에 없었다.

하지만 아무리 그렇다 하더라도 이 정도로 차이가 나는 건 이해하기 힘들었다.

그래도 재식은 다시 전장에 합류해 오크들을 상대했다.

체력을 최대한 아끼기 위해 오크의 약점만 노리며 치명상을 노렸다.

그러던 도중 재식은 오크 전사의 공격을 받을 위기에 처한 헌터를 구하기 위해 급하게 몸을 날렸다.

오크 전사는 다리에 부상을 입고 넘어진 헌터의 가슴에 발을 얹어 움직임을 제한했다.

그러고 나서 목을 찍으려는 듯 도끼를 높이 들어올렸다.

그때, 재식이 오크 전사의 겨드랑이에 왼손의 카타르를 찔러 넣고 오른쪽 어깨로 놈을 밀어 넘겼다.

재식과 오크 전사는 바닥으로 쓰러졌다.

"크윽!"

재식은 바닥을 굴러 벌떡 일어섰다.

그러더니 곧장 오크 전사의 숨통의 끊으러 다가갔다.

크아!

그 순간, 재식은 다른 오크 전사가 자신의 지근거리에서 달려드는 걸 발견했다.

재식은 지체하지 않고 오른쪽으로 굴렀다.

그와 동시에 슬라임의 유전자를 활성화시켰다.

퍽!

"악!"

재식은 왼쪽 종아리에 느껴지는 충격에 본능적으로 비명을 토해냈다.

하지만 이를 악물고 고통을 견뎠다.

몸을 굴리던 재식은 오른 무릎을 세워 발로 땅을 딛고 구르는 걸 멈췄다.

그런 뒤 곧장 무릎을 펴며 자신을 쫓는 오크를 향해 뛰어올랐다.

오크 전사는 재식의 반격을 예상하지 못했는지 몸을 피하려 했다.

그러나 너무 가까이 접근한 상태였기 때문에 재식의 공격에서 완전히 벗어날 수 없었다.

재식은 오크의 양 어깨에 카타르를 박아 넣었다.

오크 전사의 위에 올라탄 자세가 된 재식은 오른손의 카타르를 회수해 곧장 놈의 목을 찔렀다.

"와우!"

지금이 전투 상황인 것도 잊었는지, 조금 전 재식이 구해준 헌터가 소리를 지르며 감탄했다.

"위험해!"

그 헌터에게 다른 오크가 접근하는 걸 발견한 재식이 경고했다.

그런데 그 헌터는 재식의 경고에 제자리에서 높이 점프했다.

탄력 넘치는 늑대의 다리 근육을 가진 그 헌터는 제자리에서 점프를 했다고 믿기지 않을 정도로 솟아올라 오크의 공격을 피했다.

그러고 나서 공중에서 내려오면서 공격하느라 앞으로 숙여진 오크의 등을 밟고는 다시 한 번 뛰어올랐다.

헌터는 공중제비를 돌더니 땅 위로 내려서며 오크의 목을 힘차게 밟았다.

우드득!

너무도 강력한 힘에 의해 오크의 목뼈가 부러졌다.

오크 부락의 토벌은 한때 위험한 순간도 있었지만, 마무리 단계로 접어들었다.

이제 남은 것은 일반 오크 다섯 마리와 오크 전사 한 마리뿐이었다.

예비대의 전투를 지켜보던 교관들은 흥미로운 눈으로 재식을 쳐다보았다.

분명 처음엔 재식을 기회주의자 정도로 재능이 없다고 판단했다.

그런데 이제는 판단하기가 조금 애매해졌다.

재식은 처음부터 끝까지 동료 헌터의 뒤에서 기회를 노리다 오크에게 치명상을 가하는 방식으로 전투에 임했다.

어느 하나 다른 헌터에 비해 나을 게 없는 그가 선택할 수 있는 게 그것뿐이니 어쩔 수 없었다.

그런데 재식이 잡은 오크의 숫자는 적지 않았다.

물론, 다른 동료가 상대하던 오크를 노렸기 때문이기도 하지만, 그래도 전과를 올린 것은 변하지 않는다.

오크와 예비대의 전력은 두 배 차이였다.

즉, 헌터 한 명당 오크 두 마리를 잡으면 된다는 말이었다.

하지만 전투라는 게 산술적으로 진행되는 건 아니었다.

어떤 이는 오크 한 마리도 잡지 못했고, 어떤 이는 오크를 두 마리 이상 잡기도 했다.

그중 재식보다 능력이나 레벨이 떨어지는 헌터는 아무도 없었다.

그럼에도 불구하고 재식이 잡은 오크의 숫자는 무려 열 마리나 되었다.

열 마리 중 두 마리는 오크 전사였다.

채치수를 비롯한 교관들은 재식에 대한 판단을 유보할 수밖에 없었다.

실전 훈련이 끝난 건 아니지만, 종합적으로 평가하면 재식은 의외로 점수가 높을 수 있었다.

신체 능력은 다른 헌터들에 비해 떨어지지만, 전술 이해 능력과 실행 능력은 다른 어떤 헌터보다 뛰어나기 때문이었다.

"이거 판단이 쉽지 않는데⋯⋯."

이기섭는 숨을 헐떡이는 재식을 바라보며 중얼거렸다.

"뭐, 몇몇 보충 훈련이 필요한 인원도 있지만, 정재식 헌터는 재훈련을 받기보다는 몬스터 유전자 특징을 살릴 수 있는 방법을 찾는 게 우선으로 보입니다."

최상준도 재식에 대한 판단을 뒤집었다.

하지만 채치수의 판단은 바뀌지 않았다.

이기섭과 최상준은 현재 재식이 보인 활약에 대한 평가를 진행했지만, 채치수는 재식이 가진 잠재력이나 미래 가치를 따져 봤다.

관악산 오크 캠프에 서식하는 오크는 2등급 개체가 대부분이었다.

어쩌다 한 번씩 강력한 오크 족장이 등장하는데, 그래 봐야 위험 분류 3등급이었다.

그러니 그 정도 활약은 다른 예비대 헌터들이 전술 이해도를 높이고, 경험이 붙으면 충분히 가능한 수준이었다.

하지만 재식은 발휘할 수 있는 능력에 한계가 있었다.

그건 교육이나 연습으로 해결할 수 있는 문제가 아니었

다.

위험 분류 3등급 몬스터 중엔 재식의 힘으로 뚫을 수 없는 가죽이나 갑각을 가진 몬스터 종류는 많았다.

오늘 상대가 오크였기에 망정이지, 갑각류 몬스터였다면 재식은 멀뚱멀뚱 구경하고만 있었을 터였다.

11. 퇴출

성신 길드 의무실

불 꺼진 병실에는 여섯 개의 병상이 놓여 있었다.

그 위에는 실전 테스트에서 부상을 입은 예비대 헌터들이 누워 있었다.

다른 다섯 명은 오늘 레이드가 고단했는지 깊이 잠든 상태였다.

하지만 재식은 잠을 이룰 수 없었는지, 눈을 뜨고 천장을 멍하니 바라보고 있었다.

그도 그럴 것이, 그는 오늘 진행한 레이드에서 제대로 된 활약을 보여주지 못했기 때문이다.

첫 실전 테스트인 관악산 오크 캠프를 다녀온 지도 벌써 4주가 지났다.

오크 캠프에서 크게 활약한 것과 다르게, 지난 4주 동안 치러진 다른 테스트의 결과는 좋지 못했다.

특히, 저번 주에 이어 오늘의 실전 테스트는 정말이지 엉망이었다.

일주일에 한 번씩 치러지는 실전 테스트는 이번까지 총 다섯 번이었다.

매번 다른 종류의 몬스터를 대상으로 실전 테스트가 진행됐다.

첫 번째 실전 테스트는 관악산의 오크 캠프, 두 번째는 북한산의 트롤, 세 번째는 강원도 태백의 웨어 울프 무리를 소탕했다.

첫 번째 오크 캠프와 두 번째 트롤 던전의 위험 분류는 3등급이었다.

하지만 세 번째 상대인 웨어 울프는 4등급 몬스터였다.

그러다 보니 불행하게도 사상자가 발생했다.

이때까지만 해도 재식은 그럭저럭 활약하며 레이드에 방해가 되지 않게 최선을 다했다.

하지만 저번 주에 진행된 네 번째 테스트에선 그러지 못했다.

그 이유는 바로 네 번째 실전 테스트의 타깃이 바로 갑각으로 둘러싸인 자이언트 센트피드이기 때문이었다.

6m에 이르는 기다란 몸에 단단한 갑각, 그리고 날카로운 턱과 치명적인 지네의 독은 다른 헌터들이 상대하기에도 무척 까다로운 상대였다.

특히, 재식처럼 근력이 약한 헌터에게 자이언트 센트피드의 갑각은 도저히 뚫을 수 없는 철벽이나 마찬가지였다.

아니 40레벨 미만의 헌터들은 대미지를 입히는 것 자체가 불가능했다.

그나마 갈색 곰의 유전자를 시술받은 헌터들이 내부에 충격을 줄 수 있었다.

하지만 그걸로 자이언트 센트피드를 죽일 수는 없었다.

재식은 최선을 다해 갑각의 연결 부위를 노려봤지만, 너무 빠른 자이언트 센트피드의 움직임 때문에 번번이 공격에 실패했다.

예비대의 피해는 점점 누적되었고, 교관들은 레이드를 더 이상 진행하는 건 의미가 없겠다는 판단을 내렸다.

교관들이 나서 자이언트 센트피드를 죽이는 바람에 네 번째 테스트에서 제대로 된 평가를 받은 헌터는 아무도 없었다.

그러고 나서 오늘 마지막 테스트가 진행됐다.

재식은 레이드 몬스터를 확인하고 속으로 욕지거리를 내뱉었다.

마지막 상대는 칼콘이었다.

칼콘은 자이언트 센트피드와 동급의 몬스터로, 등에 소라 껍질을 지고 다니는 소라게가 거대화된 모습을 가지고 있었다.

'그걸 혼자 잡을 수 있는 능력만 있어도 이렇게 전전긍긍하지는 않을 텐데.'

재식은 칼콘을 떠올리며 아쉽다는 듯 입맛을 다셨다.

칼콘은 헌터들에게 상당히 인기가 좋은 몬스터였다.

그도 그럴 것이, 칼콘이 등에 지고 다니는 소라껍질처럼 생긴 것에서 보석 광석을 얻을 수 있기 때문이었다.

어떤 원리인지 모르지만, 칼콘의 집은 천연 보석이 숨겨져 있는 커다란 광석이었다.

그렇기에 한 마리만 잡아도 상당한 수익을 올릴 수 있었다.

그러다 보니 많은 헌터 길드와 공대에서 칼콘을 노렸다.

하지만 칼콘은 쉽게 잡을 수 있는 몬스터가 아니었다.

위험 분류는 4등급이지만, 칼콘의 전투력은 결코 4등급 정도의 몬스터가 아니었다.

칼콘은 4등급 몬스터 중 보스로 분류될 정도의 특별한 객체와 전투력이 비슷하거나, 5급 몬스터 정도의 전투력을 가지고 있었다.

다만, 칼콘은 인간을 발견하면 무조건 공격하는 다른 몬스터와 다르게, 먼저 건들지만 않으면 인간을 공격하지 않았다.

그렇기에 세계 헌터 연합이 칼콘을 위험 분류 4등급으로 확정한 것이었다.

덕분에 멋모르고 칼콘 레이드에 나섰다 변을 당한 헌터도 많았다.

일부에서 칼콘을 5등급 몬스터로 분류해야 한다는 이야기가 나올 정도였다.

'그런 몬스터를 마지막 실전 테스트 상대로 지정하다니, 제정신이야?'

재식은 속으로 투덜거렸다.

칼콘은 자이언트 센트피드에 비해 더 단단한 방어력과 힘을 가지고 있지만, 자이언트 센트처럼 위험한 독을 가지고 있지는 않았다.

즉, 힘으로 밀어붙이면 어떻게든 사냥할 수 있다는 의미였다.

게다가 칼콘은 널리 알려진 약점도 있었다.

등은 단단한 껍질과 집으로 보호를 받지만, 배 부위는 갑각으로 덮여 있어도 그리 단단하지 않았다는 것이었다.

중급 헌터 정도면 충분히 배 부위의 갑각을 뚫고 대미지를 입힐 수 있었다.

그걸 아는 성신 길드의 예비대 헌터들은 마지막 테스트

대상이 칼콘임을 알고 다들 기뻐했다.

표정이 굳은 건 유일하게 재식뿐이었다.

모두의 예상대로 마지막 실전 테스트는 성공리에 막을 내렸다.

비록 부상자는 나왔지만 저번처럼 사망자는 발생하지 않았다.

성신 길드에서도 예비대 헌터들이 잡은 칼콘으로 요리를 만들어 축하 파티를 열어줬다.

칼콘은 식용이 가능한 몬스터 중 하나로, 게처럼 찜을 해 먹으면 원 재료의 깊은 풍미를 느낄 수 있었다.

그러다 보니 미식가들에게 비싸게 팔렸다.

더욱이 칼콘의 살은 영양분도 풍부해 헌터들에게는 보약이나 마찬가지였다.

상처를 빠르게 회복할 수 있게 도와주는 것은 물론이고, 각성 헌터들에게는 소모한 마력을 채워줬다.

그렇기에 칼콘은 아낌없이 주는 몬스터로 유명한 트롤에 못지않을 정도로 비싸게 팔렸다.

예비대 헌터들이 사냥한 칼콘은 5m 크기였다.

한 마리뿐이었지만, 양이 많았기에 예비대 헌터 전원은 물론이고, 성신 길드에 속한 헌터와 행정직들까지 배불리 먹을 수 있었다.

'완전 가시방석이 따로 없었지.'

별다른 활약을 하지 못한 재식은 마음이 불편했다.

다른 예비대 헌터들은 레이드에 성공한 기쁨을 나눴지만, 재식은 그들 사이에 낄 수 없었다.

첫 실전 테스트 때까지만 해도 재식의 활약을 경계하는 인원도 있었다.

혹시나 늦게 들어온 재식이 자신들을 재치고 먼저 위로 올라가는 건 아닐까 싶었기 때문이다.

하지만 실전 테스트가 계속되면서 질투는 무시로 바뀌었다.

그리고 4차 실전 테스트에 이르렀을 때는 귀찮은 짐, 그 이상도 이하도 아니었다.

일단 굼떴다.

그렇다고 공격력이 높아 몬스터에 대미지를 줄 수 있는 것도 아니었다.

자이언트 센트피드 레이드 때는 정말 재식은 다른 헌터들의 짐에 불과했다.

그러다 보니 현재 예비대에서 재식은 설 자리가 없었다.

'뭐라도 얻어갈 게 있을까 했는데, 이대로 쫓겨나려나……'

재식은 길드 내에 퍼지는 자신의 소문을 들었다.

실력도 없는 낙하산이 밑바닥을 드러내며 조만간 길드에서 퇴출될 것이란 내용이었다.

다들 재식이 불법 실험의 피해자라는 것 때문에 동정하기도 했었다.

그러나 시간이 흐르면서 재식이 도움이 되지 않는다는 걸 알게 되자 동정론은 어느새 자취를 감춰 버렸다.

재식에게 남은 선입견은 불필요한 짐 덩이라는 것뿐이었다.

'뭐, 그쪽은 내가 제 발로 나가길 바라는 모양인데, 참 악착같이 버텼네.'

재식은 혹시 길드에서 나서서 어떤 조치라도 취하지 않을까 싶었는데, 길드는 안 좋은 소문을 그냥 방치했다.

'절대 그렇게는 못해주지.'

재식은 궁지로 몰렸지만, 스스로 길드를 탈퇴할 수는 없었다.

만약 이 상황을 견디지 못하고 길드를 나가겠다고 말하면, 길드는 옳다구나 하고 계약서를 들이밀고 손해배상 청구할 게 뻔했다.

길드는 재식이 서류를 잘못 파악하고 사인한 것이라 생체실험에 대해서는 책임지지 않겠다고 밝힌 바 있었다.

재식도 납득할 수밖에 없었다.

동의서의 내용을 파악하지 않고 대충 싸인한 건 자신이기 때문이었다.

재식은 억울함을 가슴에 묻고 열심히 노력했다.

어떻게든 능력을 키우고 성공해 자신을 이렇게 만든 이들에게 복수하고 싶었다.

최충식과 최현식, 그리고 필요하다고 할 땐 언제고 너무 쉽게 자신을 버린 성신 길드의 백씨 부녀, 마지막으로 자신을 생체 실험에 사용한 김태원 등 복수해야 할 대상은 차고도 넘쳤다.

그런데 재식은 힘을 얻기도 전에 퇴출 위기에 놓였다.

그나마 다행인 건 체력 회복에 대한 가능성을 발견했다는 것이었다.

전에 포션을 통해 확인한 체력 회복 효과와 칼콘의 살집이 똑같은 효과를 보였다.

하지만 칼콘을 혼자 잡을 수 있는 실력이 있는 게 아니기 때문에 포션과 마찬가지로 쉽게 사용할 수 있는 방법은 아니다.

한 병에 백만 원이나 하는 포션보다는 쌌다.

하지만 칼콘 요리는 포션만큼 즉각적인 효과가 나타나지는 않는다는 단점이 있었다.

그건 사냥 도중에 사용할 수는 없다는 의미였다.

'포션이나 칼콘 요리처럼 내 체력을 채워줄 무언가가 있을 텐데…….'

약점을 보완하지 못하면 재식은 중급 헌터로서 활동할 수 없을 것이다.

재식은 자신의 능력을 냉정하게 분석했다.

오크 이하의 소형 몬스터는 지금 능력만으로도 상대하기 충분했다.

오크보다 상위 종인 트롤이나 웨어 울프라면 혼자서 감당할 수는 없지만, 충분한 대미지를 줄 수 있었다.

하지만 단단한 가죽이나, 갑각을 가진 몬스터는 지금 능력으로는 상대하는 게 불가능했다.

메탈 슬라임의 능력으로 물리 대미지와 독에 대한 내성을 가지게 된 것도 하나의 장점이었다.

'정 안 되면 전처럼 지하철 던전이나 도는 거지, 뭐. 명색이 30레벨 중급 헌터인데, 문전박대당하지는 않겠지.'

한참 동안 궁리하던 재식은 더 이상 생각의 진전이 없자, 복잡한 심경을 대변하듯 머리카락을 양손으로 흩트리더니 자리에 누웠다.

어차피 모든 테스트는 끝났다.

정식 팀에 들어갈 정도의 실력이 아니라면 재교육을 받게 될 것이다.

그 정도 수준도 되지 못하면 퇴출 통보를 받게 될 터였다.

어느 쪽이든 재식이 고민한다고 달라지는 건 아무것도 없었다.

성신 길드 헌터 지원 센터의 한 사무실.

예비대 교관인 채치수와 이기섭, 최상준은 그동안 자신들이 가르친 예비대 헌터들의 인적사항이 적힌 서류를 하나하나 살피는 중이었다.

어제까지 5주에 걸친 실전 테스트가 마무리됐으니, 그동안 각 파티별로 나뉜 헌터들에 대한 종합 평가를 하기 위함이었다.

"먼저 팀 비스트 멤버 후보에 올릴 명단부터 분류하지."

채치수는 다른 두 명의 교관을 바라보며 먼저 할 일을 이야기했다.

현재 성신 길드에서 가장 중요하게 생각하는 건 와일드 울프 팀의 뒤를 이을 차세대 간판인 팀 비스트의 정규 멤버를 찾는 일이었다.

길드의 얼굴이라 할 수 있는 팀의 멤버를 뽑는 일이기에 아무나 뽑을 수는 없었다.

기존 멤버보다 뛰어나거나 비슷한 수준의 헌터를 찾아야 했다.

"이번 예비대에선 팀 비스트에 들어갈 정도의 자질을 가진 헌터는 문성식 정도네요."

이기섭은 36명의 헌터 명단을 살펴보다 가장 위에 있는 문성식의 이름이 적힌 이력서를 집어 들어 스캔했다.

이름 : 문성식

성별 : 남

나이 : 28

레벨 : 34

강화시술 : 0 ─ 갈색 곰 : 12% (15%까지 강화 가능)

스텟

힘 : 18

민첩 : 11

체력 : 20

전술 : 7

실전 테스트 평가

1차 ─ 오크 캠프 (위험 등급 3)

　오크족장외 오크 180마리, 제1파티의 파티장을 맡아 지휘, 전술 이해 능력 높음.

2차 ─ 트롤 (위험 등급 3)

　트롤 사냥 성공, 까다로운 3등급 몬스터를 상대로 간단하게 성공.

3차 ─ 웨어 울프 (위험 등급 4)

웨어 울프 우두머리 외 12마리, 전술 이해도 높음.

4차 — 자이언트 센트피드 (위험 등급 4)
　자이언트 센트피드 사냥 실패, 공대원 1명 사망.

5차 — 칼콘 (위험 등급 4)
　칼콘 사냥 성공, 지휘 중 다수의 부상자가 나왔지만 무난히 성공.

※ 팀 비스트의 서브 탱커 후보로 추천

　1차에서 5차까지 실전 훈련을 진행하며 문성식의 행동이나, 공대를 지휘해 몬스터를 사냥하던 모습 등 모든 정보가 기록돼 있었다.
　교관들의 평가는 대체적으로 우수하단 평이 지배적이었다.
　게다가 평가서 하단에는 팀 비스트의 서브 탱커 후보로 추천한다는 문구까지 적혀 있었다.
　현재 팀 비스트는 멤버는 고작 다섯 명이었다.
　정원까지 일곱 명을 더 모집해야 할 상황이었다.
　팀의 브레인을 담당하는 최충식, 탱커인 이지웅, 근거리 딜러인 백장미와 권태식, 권효원까지.
　원거리에서 견제하는 원거리 딜러가 없는 게 흠이지만,

그런대로 구색은 갖춘 팀이었다.

거기에 서브 탱커 한 명이 추가되면 이지웅에게 집중되는 몬스터의 공격이 분산되어 큰 도움이 될 게 분명했다.

차세대 헌터 중 탱커들 중 세 손가락 안에 들어가는 게 바로 이지웅인데, 문성식의 재능도 그에 못지않았다.

비록 아직은 레벨이 낮아 이지웅만큼 많은 활약을 보이긴 힘들겠지만, 레이드를 통해 레벨을 올리면 이지웅에 버금가는 활약을 기대할 수 있으리라.

이기섭은 이미 오래전부터 문성식에게 관심을 가지고 지켜보았다.

"문성식이라면 팀 비스트의 멤버로 넣어도 충분할 것 같습니다."

최상준도 이기섭과 같은 생각이었다.

비록 자신에게 훈련을 받은 건 아니지만, 정보를 공유하며 문성식의 재능은 익히 들어왔다.

이견을 꺼낼 필요도 이유도 없었다.

그렇게 세 사람은 예비대 헌터 전부를 꼼꼼히 평가해 팀 비스트나 지원팀에 추천하거나, 비상 대기조에 등록했다.

그렇게 모든 헌터들의 평가가 끝나고, 마지막으로 재식의 평가만 남게 됐다.

"이제 이 헌터만 평가를 마치면 끝이군."

채치수는 마지막으로 재식의 서류를 스캔해 화면에 띄웠다.

"음……."

재식의 자료가 뜨기 무섭게 이기섭은 작게 신음을 흘렸다.

정재식은 평가를 내리기 참으로 힘든 헌터였다.

1차 오크 캠프에서의 활약이 대단한 것에 비해 그 뒤로 갈수록 별다른 활약을 보여주지 못했다.

다른 헌터들이 고른 활약을 보인 것에 비해 재식은 너무 극단적인 모습을 보여주었다.

소형 몬스터에게는 강하지만, 단단한 외피를 가진 몬스터 상대로는 아무 활약도 하지 못했다.

냉정하게 판단하면 재식은 길드에 있어봐야 도움이 별로 되지 않는 헌터였다.

소형 몬스터를 상대하는 실력은 대답하더라도, 자신을 지켜줄 동료가 있어야 한다는 전제를 깔아야 했다.

"굳이 이 헌터를 저희 길드에 받아들여야 할지 모르겠습니다."

헌터 길드도 엄연히 사업이다.

그러니 길드에 필요가 없다는 판단이 서면 냉정하게 잘라내야 한다.

헌터 길드는 일반 회사와 다르게 능력이 없으면 다른 자리로 배치할 수가 없다.

"평가에 떨어진 다른 헌터들과 다르게 정재식 헌터는 재교육을 해봐야 더 나아질 게 없습니다."

"그럼 정재식 헌터는 탈퇴를 시키는 게 좋겠나?"

채치수는 재식에 대해 부정적인 평가를 내놓는 두 교관에게 직접적으로 물었다.

"네. 비전도 없는데 데리고 있는 것보단 각자 갈 길 가는 게 서로에게 좋을 것 같습니다."

최상준보단 결단력 있는 이기섭이 단호한 표정으로 딱 잘라 말했다.

"알겠네. 그럼 부장님께는 그리 보고하지."

재식의 길드 탈퇴라는 평가를 내린 이기섭은 마음이 좋지 못했다.

자신의 평가로 인해 안정적인 직장을 얻었다 생각하던 헌터 한 명이 살벌한 경쟁 사회로 돌아가야 하기 때문이었다.

성신 길드 길드장 사무실.

백강현은 헌터 교육부장인 문세윤이 가져온 예비대 헌터들의 교육 평가서를 천천히 검토하고 있었다.

"이번 기수는 그럭저럭 괜찮았습니다."

백강현은 한 장, 한 장 평가서를 넘기며 훈련장에서 진행된 전술 훈련 평가와 다섯 차례에 걸친 실전 훈련 현황까지 꼼꼼히 살폈다.

그도 그럴 것이, 길드의 얼굴이라 할 수 있는 레이드 팀 멤버의 영입이었다.

기존의 다섯 명으로도 명성을 얻고 있지만, 숫자의 한계로 더 이상 발전이 없었다.

그렇기에 백강현은 팀 비스트 멤버의 인원을 충원하기로 마음먹었다.

"즉시 전력이 될 멤버 한 명과 조금 더 보충 교육을 시키면 멤버로 들어가도 손색이 없을 재능을 가진 후보가 두 명이면 나쁘지 않군. 아니, 아주 좋은 편이군."

교육 평가에 만족한 백강현이 큰소리로 떠들며 웃었다.

하지만 바로 이어지는 문세윤 부장의 이야기에 표정이 굳었다.

"그런데 정재식 헌터의 경우, 길드에 붙잡고 있어봐야 크게 도움이 되지 않을 것 같습니다."

"그게 무슨 말인가?"

"이걸 보시죠. 제가 일부러 빼놓은 정재식 헌터의 보고서입니다."

안 그래도 백강현은 정재식에 대한 정보가 보이지 않아서 지나친 건 아닌지 앞쪽을 다시 확인하려던 차였다.

"흠, 여기 적힌 게 사실인가?"

백강현은 문세윤이 건넨 서류를 빠르게 훑어보더니 질문을 던졌다.

"네. 소형 몬스터에게는 통하지만, 덩치가 큰 중대형급 몬스터나 외피가 단단한 몬스터에게는 공격이 통하지 않습니다. 무엇보다 금방 지쳐서 리타이어 됩니다."

"리타이어? 레이드 도중에? 아무 이유도 없이?"

설명을 들은 백강현이 고개를 갸우뚱했다.

아무런 이유도 없이 레이드 도중에 전력에서 제외가 된다는 걸 이해할 수 없었다.

"알아보니, 몬스터 유전자를 이용한 변형 시술의 부작용이라고 합니다."

"부작용?"

"예. 원인은 정확하게 밝혀지지 않았지만, 능력을 발현시키면 체력을 빠르게 소비한다고 합니다. 연구소에서는 능력 사용 금지를 권고했다고 하더군요."

"그래서 자네도 교관들의 판단대로 그를 퇴출하는 게 옳다고 생각하나?"

백강현은 손에 든 재식의 서류를 손에서 놓아버렸다.

그러자 한 장의 종이는 바닥 위로 힘없이 내려앉았다.

"그가 사고를 당한 것이 안타깝기는 하지만, 그렇다고 길드에 두는 것은 다른 헌터들에게 짐을 지우는 일입니다."

돌려 말하기는 했지만, 문세윤 또한 교관들과 같은 평가를 내린 것이었다.

"흠, 어쩔 수 없지. 교관과 교육부장의 평가가 그렇다는데, 길드장이 무시할 수는 없겠지."

관심을 가지던 헌터라고 해서 특별 대우하는 일은 금물이었다.

그건 길드 소속 헌터들 사이에서 불화로 이어질 씨앗이 될 터였다.

"그만 가보게. 가는 길에 정재식 헌터도 좀 불러주고."

"알겠습니다. 바로 올려 보내도록 하겠습니다."

소파에서 일어난 문세윤은 백강현에게 인사하고 사무실을 나섰다.

솔직히 일개 헌터를 퇴출시키는 일에 굳이 길드장인 백강현이 나설 필요는 없었다.

하지만 백강현은 재식이 특별 케이스이기 때문에 직접 이야기를 하자고 마음먹었다.

길드에서 겪은 일이 외부로 흘러나가지 않도록 막아야 했다.

문세윤이 사무실을 나선지 얼마의 시간이 흐르자, 인터폰이 울렸다.

[길드장님, 정재식 헌터 도착했습니다.]

"들어오라고 해."

백강현의 말이 끝나자 문이 열리고, 재식이 사무실 안으로 들어섰다.

재식은 처음 길드를 방문했을 때와는 인상이 많이 바뀌어 있었다.

그는 열정 가득한 표정으로 반짝이는 눈을 가지고 있었는데, 모진 풍파를 겪은 노인의 눈으로 백강현을 바라봤다.

'뭐지?'

변한 것은 그뿐만이 아니었다.

백강현은 재식에게서 뭔가 이질적인 존재감을 느꼈다.

뭔가 특별한 기운을 풍기고 있는데, 살아 움직이는 생명체가 아니라 무생물이 걸어 다니는 느낌이었다.

하지만 그게 무엇인지 콕 짚어 말할 수는 없었다.

'뭔가 다른데…….'

"일단 자리에 앉지."

백강현은 재식을 관찰하며 세워둘 수는 없기에 자리를 권했다.

"네, 알겠습니다."

재식은 백강현의 권유에 소파에 앉았다.

'결정이 났군. 그것도 안 좋은 쪽으로.'

백강현의 호출을 받은 재식은 드디어 올 것이 왔다고 생각했다.

"그걸 보게."

백강현은 바닥에 떨어진 종이 한 장을 가리켰다.

방금 전 문세윤에게 받은 재식의 평가서였다.

재식은 계약서 내지는 계약 해지서라 생각했다.

그런데 예상과 다르게 집어 든 종이에는 자신을 평가한 내용이 적혀 있었다.

"이건……."

재식은 교관들의 평가를 자세히 살펴봤다.

하지만 뚫어져라 바라본다고 평가가 바뀌는 건 아니었다.

"그래. 그건 이번 예비대를 교육시킨 교관들의 평가서네."

"그렇군요. 뭐, 제가 직접 몸으로 느낀 게 있으니, 세삼 스러울 것도 없군요."

재식은 교관들이 자신에 대해 총평해 놓은 부분을 살펴봤다.

※ 소형 몬스터나 저레벨 몬스터에게만 통하는 저조한 공격력으로 다른 헌터들에게 부담을 줌. 발전 가능성 제로. 40레벨이 한계로 보임.

발전 가능성이 없다는 것과 40레벨을 한계로 본다는 교관들의 평가에 자신도 모르게 어금니를 꽉 물었다.

이 모든 게 최충식과 최현식의 음모 때문이었다.

성신제약과 성신 길드도 연관성을 부정할 수 없을 것이다.

하지만 그것을 이 자리에서 따지지는 않았다.

아무리 앞에 앉은 백강현이 호인처럼 보이더라도, 사람의 팔은 안으로 굽는다.

자신들의 비위가 밖으로 알려지는 것을 막기 위해 무슨 짓을 할지 모를 일이었다.

아니, 백강현이 그렇게 하지 않더라도 누군가는 실행에 옮길 게 분명했다.

그러니 자신의 생각을 들켜선 안 될 일이었다.

"제 잠재력이 이 정도밖에 되지 않는다는 겁니까? 물론, 교관들의 평가대로 제가 부족한 면이 있지만 오크 캠프에서는……."

재식은 일부러 변명을 늘어놓았다.

그러자 백강현은 바로 말을 잘라 버렸다.

"그만. 자네의 심정을 모르는 건 아니네. 하지만 그렇다고 길드에 속한 다른 헌터들에게 희생을 강요하는 건 아니라고 생각하네. 불행한 사고를 당한 자네를 길드에, 그래, 알기 쉽게 레이드 지원팀에 넣었다 가정하지."

백강현은 조금 전 문세윤이 남긴 말에 살을 덧붙여 좀 더 장황하게 설명을 늘어놓았다.

"자네 하나로 레이드 중인 다른 헌터들에게 부담이 가중되면 자칫 실수를 할 수도 있네."

듣기 싫은 설명이 길어질 조짐이 보이자, 재식은 한숨을 푹 내쉬며 고개를 끄덕여 보였다.

"무슨 말씀인지 잘 알겠습니다. 그럼 제 계약은 어떻게……."

재식은 일부러 백강현에게 어리숙한 모습을 보였다.

"음, 그건 그냥 서로 좋은 모습으로 헤어지는 것으로 마무리하지. 우리의 실수가 있기도 했고, 앞날이 고단할 자네에게 더 큰 짐을 안겨주는 것도 못할 짓이니까. 한때나마 인연이 닿아 우리 길드에 들어온 자네에게 마지막 배려라도 해줘야지."

응당 그렇게 처리되어야 할 일인데, 백강현은 선심 쓰듯 착한 길드장의 모습을 연기했다.

"정말 감사합니다."

재식은 얼른 자리에서 일어나 90도로 인사했다.

그런 재식의 모습을 차가운 눈으로 주시하던 백강현은 긴장을 풀었다.

아무리 봐도 재식이 다른 마음을 품고 있지 않은 것처럼 보였기 때문이다.

하지만 고개를 숙인 재식은 이를 악물며 속으로 다짐했다.

'두고 보자.'

〈『헌터 레볼루션』 3권으로 계속…〉